KB080500

신조선전기 3권

초판1쇄 펴냄 | 2018년 11월 21일

지은이 | 다물
발행인 | 성열관

펴낸곳 | 어울림 출판사
출판등록 / 2009년 1월 23일 제313-2009-12호
주소 / 경기도 고양시 일산동구 장항동 731 동하넥서스빌딩 307호
TEL / 031-919-0122
FAX / 031-919-0127
E-mail / 5ullim@hanmail.net

ISBN 978-89-992-4849-8 (04810)
ISBN 978-89-992-4794-1 (SET)

OULIM FANTASY BOOK

3

다물 역사판타지 장편소설

신조선 新전기

어울림

신조선
新기

목차

필독

　본 소설은 허구입니다. 실제적 역사나 사실과 다를 수 있습니다.

신조선新기

"제나 안."

"네."

"전 과목 만점이군요. 대단합니다. 앞으로도 잘 정진하기 바랍니다."

"감사합니다. 제퍼슨 교수님."

컬럼비안 대학교 외과 전공을 맡은 제퍼슨 교수실에서였다. 올림머리를 하고 머리에 핀을 꽂은 지연이 교수인 '에릭 제퍼슨'으로부터 성적표를 받았다. 성적표에는 오직 'A+'와 'P'밖에 없었고, 먼 조선에서 온 지연을 제퍼슨은 흥미로운 시선으로 지켜보고 있었다.

지연이 본래 섰던 학생들 사이에 서자 백인 학생들이 슬쩍 옆으로 물러나면서 거리를 벌렸다.

　결과가 있으니 지연의 능력은 명백했다. 하지만 외모가 다르고 여자라는 사실로 인해 다른 학생으로부터 인정받지 못했다. 지연보다 못한 성적을 낸 학생들이 이맛살을 찌푸렸다. 그리고 교수실에서 나와 멀어지는 지연을 보면서 속으로 욕을 했다.

　"건방진 동양인 년."

　"동양 촌구석에 박힌 나라에서 왔다며? 식민지 아냐?"

　"몰라. 중요한 것은 미개한 원숭이 년이 어떻게 저런 성적표를 받을 수 있냐는 거야. 혹시 교수님께 돈이라도 먹인 거 아냐?"

　"가난한 동양인 창녀에게 돈이 어디 있겠어? 몸을 팔았으면 팔았지."

　"하긴, 원숭이 치곤 얼굴도 예쁘고 몸매도 좋으니까. 나하고도 하룻밤 잤으면 좋겠네."

　"엄청 음란한 년일 거야."

　"킥킥."

　자신에 대한 욕과 성희롱인 줄 알았다. 멀리 들리는 이야기를 듣고 지연이 한숨을 쉬었다. 미래였다면 고소를 했을 일이지만 인종차별과 성희롱을 일삼는 시대에서 악행이 당연한 줄 아는 자들과 충돌을 일으켜봐야 손해였다.

지연은 참고 대학교 정문으로 향했다. 그리고 정문에 기다리고 있던 유정을 만났다. 유정이 지연에게 성적 결과를 물었다.

"만점이에요, 언니?"

"그래. 만점이야."

"와, 그럼 돌아가서 파티라도 해야겠네요. 그럴 줄 알고 장도 보고 왔어요. 정말 축하해요."

"고마워, 유정아."

유일한 식구였다. 함께 기뻐해주는 유정을 보고 지연이 미소지었다. 그리고 그녀와 함께 차를 타고 집으로 향했다. 집에서 유정이 사온 고기를 굽고 와인을 마시면서 자축했다. 작은 만찬을 가지면서 지연이 유정에게 물었다.

"넌 안 힘들어?"

"예?"

"오늘도 장을 봤잖아. 장 보면서 사람들이 뭐라고 안 해? 예를 들면 인종차별 같은거 말이야. 학교 가기 전부터 당하게 될 거라고 생각하긴 했는데 막상 당하니 좀 힘드네… 거기에다 성희롱까지 하는데 내가 싸움만 잘했다면 얼굴에다가 주먹을 먹였을 거야."

지연이 학교에서 있었던 일을 토로하면서 유정에게 하소연했다. 그 감정이 좌절이 아니라 분노라는 사실에 유정이 미소를 지었다. 분노는 얼마든지 열정으로 바꿀 수 있었다.

지연보다 9살 어린 유정이 위로했다.

"그래도 할 수 있는 것은 성적으로 본때를 보여주는 거잖아요. 사업가는 수익으로, 학생은 성적이라고 생각합니다. 서재필 선생님만 봐도 알 수 있는게 사업가로 성공하니까 아무도 무시 못 하잖아요. 물론 뒤에서는 욕할 수 있지만… 미국이라는 나라가 정말 그런 것 같아요. 언니가 더 대단한 모습을 보여준다면 될 것 같아요."

"가능할까?"

"가능해요. 이 시대의 의사들보다 언니가 더 대단한 실력을 가지고 있잖아요. 내일 일도 모르는 사람들이 수백년 넘는 경험과 지식을 어떻게 이기겠어요. 그러니 용기를 내세요. 언젠가 사람들이 언니를 존경할 거예요."

유정의 위로를 받고 지연이 굳은 표정을 풀었다. 디저트로 깎은 복숭아와 포도를 먹고 그릇을 주방으로 가져갔다.

"제가 씻을게요, 언니."

"아니야. 내가 할게."

"언니는 빨리 과제 하세요. 언니를 보필하는 게 제가 할 일이에요."

"……"

"어서요."

유정이 지연을 챙겼다. 어린 동생의 보살핌 속에 지연이 미소를 지으며 물러났고, 방으로 들어가서 대학교에서 받은 과제를 하기 시작했다.

과제의 내용은 심장에서 문제가 생겼을 때 어떻게 치료를 할 것인지에 대한 것이다.

'동맥경화로 막힌 관상동맥을 치료하는 방법에 대해서라… 이 시대에서는 그나마 바이패스가 현실적인 방법이겠지. 다소 출혈이 있지만 심장이 정지되지 않은 상태에서도 쓸 수 있어. 이걸로 써야겠다.'

1960년대에 개발된 수술법이 있었다. 지연에게는 옛날 수술법이었지만 19세기 말에서는 존재하지 않는 수술법이었다.

그리고 신세계였다.

'바이패스'라 불리는 '관상동맥 우회로 이식술'을 과제의 답으로 썼다. 그리고 다음 날 조교수에게 과제를 제출하고 전공 교수인 제퍼슨에게 과제의 답이 넘겨졌다.

지연의 과제를 확인하고 제퍼슨이 눈을 키웠다.

"이건……."

옆 교수실에서 놀러온 교수가 차를 마시다가 물었다.

"무슨 일인가?"

"동맥경화 치료법에 관한 과제에서 특이한 답이 제출됐어."

"뭐라고 쓰여 있기에?"

"혈관 이식술. 허벅지에서 정맥이나 동맥을 채취해서 관상동맥을 우회하는 혈로를 여는 방법이라는군. 환자 본인의 혈관이라서 거부반응도 없을 거라고 하는데, 정말 흥미로운 수술법이야. 심장 표면을 흡착해서 고정시키기만 하면 가능하다는데 이에 대해 어찌 생각하나?"

"흥미롭군. 그런데 그 답을 낸 학생이 누구인가?"

"제나 안일세."

"제나 안? 그 조선인가 뭔가 하는 나라에서 왔다는 여학생?"

"그래."

"그 학생이 그런 답을 내다니… 전임 세균학 교수들과 연구원들이 추천했던 신입생이 아닌가? 필립제이슨의 제이슨 사장이 추천한 학생이기도 하고 말이야. 내가 강의하던 봉합 실습 때 놀라운 손속을 보여줬어."

"얼마나 말인가?"

"학생들 중에서는 가장 빠르지. 무심한 얼굴로 봉합을 하는데 주변 학생들이 얼마나 질투하던지 모르겠어. 혹, 키울 생각이 없으면 내게 넘기게."

친구이자 동료 교수의 이야기를 듣고 제퍼슨이 슬쩍 미소를 지었다가 지웠다.

"아니, 내가 키우겠네. 그러니 넘보지 말게."

어쩌면 큰 행운이 될 수도 있다고 생각했다. 그 복을 절

친한 친구에게라도 넘겨주지 않았다.

조교수에게 과제를 제출하고 지루한 강의를 들은 뒤 지연이 점심시간을 가졌을 때였다. 외과 병동 건물에서 나오는 지연을 수시로 음담패설을 늘어놓던 백인 남자 학생들이 지켜보고 있었다. 그중 죠니라는 이름을 가진 남학생이 파이프 담배를 입에서 떼며 동기생들에게 말했다.

"동양 여자들은 우리 같은 백인 남자들이라면 사족을 못 쓴다며?"

"애인으로 삼게?"

"미쳤다고 원숭이 년을 사랑하겠어? 그냥 한번 즐기는 거지. 지켜봐. 돈도 없을 텐데 밥 한끼 사주면 금방 넘어올 거야."

키 작은 건달이 따로 없었다. 지연에게 음흉한 생각을 가진 죠니가 접근했고, 그의 친구들이 멀리서 키득거리며 흥미롭게 지켜보고 있었다.

죠니가 지연이 벤치로 가지 못하게 앞을 막았다.

"뭐야? 무슨 짓이야, 대체?"

지연의 물음에 죠니가 대답했다.

"잠깐 이야기 좀 하자고."

"뭐라고?"

"그거 도시락이지? 그런거 먹지 말고 내가 사줄게."

"앗?!"

벤치에서 먹으려던 지연의 도시락을 죠니가 그녀의 손에서 빼앗아 던졌다. 도시락에서 밥과 반찬이 흘러나와 흙투성이가 됐다. 죠니는 지연의 손을 잡고 가까운 레스토랑으로 끌고 가려고 했고, 지연은 손을 뿌리치면서 죠니에게 화를 냈다.

"무슨 짓이야!"

"맛있는 거 사준다니까."

"그러니까 내가 왜 네가 사주는 것을……!"

"거 참. 사준다고 할 때 순순히 와서 처먹을 것이지, 말이 많네. 그냥 따라와. 미개한 원숭이 년아. 가난하잖아. 여태 못 먹어본 맛있는 것을 사준다고."

죠니의 말에 지연이 기막혀했다.

그때 옆에서 차 소리가 났다.

고개를 돌리자 운전석에 눈에 익은 남자가 타고 있었다.

남자를 본 지연이 상기된 표정으로 외쳤다.

"성한아!"

"지연아!"

지연을 보러 왔다가 그녀에게 수작 부리는 백인을 보고 성한이 급히 차에서 내렸다. 그리고 죠니 사이에 끼어들며 가로막았다.

"살다 살다 별 미친놈을 다 보는군. 안 꺼져?"

"뭐라고……?"

18

"꺼지라고, 개자식아. 왜 남의 여자에게 집적대고 지랄이야? 그리고 어떤 미친놈이 여자 손을 그딴 식으로 잡아? 험한 꼴 당하지 말고 꺼져!"

"미개한 원숭이 놈이 감히……!"

머리 하나가 더 컸다. 키 큰 성한의 위압에 죠니가 움찔하면서 뒤로 물러났다. 그러나 결심했다는 듯이 성한의 턱을 향해서 주먹을 휘둘렀다.

그의 주먹 끝이 성한의 턱에 꽂히기 전이었다.

퍽!

"억!"

죠니의 옆구리로 강한 발차기가 들어갔다. 그를 강하게 찬 사람은 지연의 호위를 담당하는 유정이었다. 그녀는 거리를 두고 지켜보다가 죠니가 위협적인 행동을 취했을 때 즉각 행동에 나섰다.

뻗었던 다리를 천천히 접었다. 죠니가 땅바닥에 구르자 그를 지켜보고 있던 친구들이 파이프 담배를 내던지고 달려왔다. 그리고 험악한 분위기를 풍기면서 유정에게 달려들었다.

"죽으려고 작정했군!"

"뒈졌어!"

주먹을 유정에게 내질렀다. 그런 백인 학생들을 상대로 유정이 명치와 간장을 향해서 팔꿈치를 꽂고 발차기를 차

넣었다. 급소에 맞은 학생들이 무릎을 꿇으며 주저앉아버
렸다. 그때 뒤에서 주춤거린 학생 중 하나가 품에서 칼을
꺼내 유정에게 달려들었다.

"죽엇!"

돌아서는 유정의 심장을 향해서 칼끝을 내질렀다.

그리고 앞에서 유정이 사라졌다.

옆으로 비켜난 유정이 그의 팔을 붙잡고 땅바닥에 몸을
메다꽂았다. 어깨에서 으득, 소리가 나면서 관절이 빠졌
다.

"아악…! 큭……!"

"흉기를 사용하다니, 정말 죽으려고 작정했군! 팔을 앞
으로도 아예 못 쓰게 망가뜨려주마!"

"끄아악!"

팔꿈치 관절이 틀어지면서 학생이 고통스러워했다. 그
때 호각을 입에 문 경찰들이 달려와서 유정을 제지했다.

"멈춰라!"

"물러나라! 그렇지 않으면 험한 꼴을 당할 거다!"

"칫."

곤봉을 들고 경찰들이 위협하자 남학생의 팔을 뒤로 꺾
었던 유정이 손을 떼고 뒤로 물러났다. 그리고 경찰들이
학생을 살폈다. 팔이 꺾였던 학생이 아파하며 유정을 노려
봤다. 그와 죠니의 친구가 유정이 범인이라고 말했다.

"저 동양인 여자가 우릴 죽이려고 했어요……!"

"여기 칼을 보세요! 저 여자 거예요!"

황당한 표정을 지으면서 유정이 학생들을 노려봤다. 그러자 그녀에게 당했던 학생들이 움찔했고 경찰은 떨어져 있던 칼을 줍고 경계하며 유정을 붙들려고 했다. 그때 지연에게 익숙한 목소리가 들렸다.

"어째서 엉뚱한 사람을 죄인으로 만드는 겁니까? 잘못은 그 청년들이 저질렀는데."

"……?"

사람들의 시선이 목소리가 중후한 남자에게로 향했다. 그는 수염이 나 있는 중년 남성이었다. 지연이 그를 알고 있었다.

'제퍼슨 교수…!'

제퍼슨이 경찰에게 남학생들의 잘못을 알렸다.

"계속 지켜봤는데 그 학생들이 먼저 위협했고, 저기 내 제자와 남자가 해를 입는 것을 막으려고 이 여인이 나선 겁니다. 그 칼도 저 청년들의 것이고요. 그러니 체포해야 될 사람은 따로 있습니다."

"이 학생들이 범죄를 저질렀습니까?"

"예. 경관님."

제퍼슨의 증언에 남학생들이 발악했다.

"거짓말입니다! 경관님!"

"동양 원숭이를 비호하는 사람의 말을 믿지 마십시오! 우리는 미국인이고 저들은 이방인 입니다! 저놈들이 죄인 입니다!"

제퍼슨이 목소리를 높였다.

"미국인이라고 다 선한게 아니듯이, 이방인이라고 다 나쁘게 아닙니다. 애초에 이 많은 학생들을 저 여인 혼자서 싸워야 할 이유가 어디에 있겠습니까? 지금 여길 보고 있는 모든 학생이 증인입니다. 이를 듣고 잘 판단해주시기 바랍니다."

주위에서 구경하고 있는 학생들이 있었다. 한 경찰이 한 학생에게 사건 정황을 물었고 그 학생은 남학생들이 거짓 말을 했음을 알렸다. 그리고 경찰들이 결론을 내렸다.

"경찰서에 가도록 하지."

"경관님……?"

"어서 통제에 따라!"

"……!"

잘못을 저지른 남학생들이 크게 당황했다. 그들이 경찰의 지시에 순순히 따르지 않자 손에 수갑이 채워지면서 신체가 구속되기에 이르렀다. 그리고 끌려가면서 유정과 지연을 노려봤다. 멀어지는 남학생들을 보면서 유정이 한숨을 쉬었다.

성한에게 괜찮은지 물으려 할 때 지연을 살피는 성한을

보게 됐다.

"괜찮아?"

"괜찮아. 그런데 여긴 어쩐 일이야?"

"어쩐 일이긴. 서 선생님 뵈러 왔으니 당연히 너도 보고 가야지. 다친 곳은 없지?"

"없어."

"건달 놈들! 그놈들이 네가 동양인이라고 만만하게 보고 그런 것 같아. 부분대장이 없었다면 정말 큰일 났을 거야."

"……."

자신을 걱정해주는 성한을 똑바로 쳐다봤다. 그리고 비록 유정이 싸움을 치렀지만 결정적인 순간에 그가 나서줬던 것을 기억했다. 그것을 떠올렸을 때 가슴에서 뭔가 묵직해지는 것을 느꼈다. 그 느낌이 뭔지 깨달으려고 할 때 옆으로 온 제퍼슨이 말을 걸었다.

"제나 안."

지연의 고개가 돌아갔다. 그녀가 제퍼슨에게 감사의 뜻을 전했다.

"감사합니다, 교수님. 교수님 덕분에 억울한 일을 당하지 않을 수 있었어요. 정말 감사합니다."

"아닐세. 선을 행하는 것인데 당연히 해야 되는 일이지. 동양인으로서 학교에서의 생활이 참으로 힘들지 않나?"

"조금은요."

"그래도 꿋꿋하게 이겨나가는 모습이 참 보기 좋네. 앞으로도 힘든 일이 있으면 언제든지 말해주게."

"예, 교수님. 감사합니다."

지연이 허릴 살짝 굽히면서 인사했다. 그리고 제퍼슨이 웃으며 그녀와 유정을 차례대로 봤다.

그리고 성한에게 시선을 돌렸다.

"연인입니까?"

"예… 그렇습니다."

자신과의 관계를 말하는 성한을 지연이 쳐다봤다. 성한의 대답을 듣고 제퍼슨이 고개를 끄덕이면서 물었다.

"잠시 안 학생과 이야기를 해도 되겠습니까? 중요한 이야기라서 말입니다."

"어떤 이야기입니까?"

"안 학생에게 좋은 제안을 하려고 합니다. 다만 비밀이 되어야 하기에 다른 자리에서 이야기하려 합니다."

성한이 잠깐 생각하고 대답했다.

"알겠습니다."

그가 물러나자 지연이 물었다.

"나 만나려고 온거 아냐?"

"그렇긴 한데, 너한테 좋은 거라고 하잖아. 끝나고 나중에 이곳에서 봐."

대답을 듣고 나중에 보기로 했다. 그리고 지연이 제퍼슨을 따라 교수실로 향했다. 가는 동안 지연의 고개가 성한에게로 몇 번 돌려졌다. 유정이 성한에게 말했다.

"기다려야 하는군요."

"그러게요. 밥 한끼 정도 같이 하려고 했는데, 어쩔 수 없죠. 뭐, 온 김에 대학교 구경이나 하죠."

차를 바른 자리에 세우고 유정과 함께 컬럼비안 대학교를 돌아다니기 시작했다. 그 사이 지연은 제퍼슨의 교수실에서 차를 마시며 긴밀한 이야기를 나눴다.

지연이 제출한 과제를 제퍼슨이 크게 칭찬했다.

"과제에 대한 답을 보고 심히 놀랐네. 관상동맥 우회로 이식술이라니… 세상의 어떤 의사도 그런 생각을 할 수 없을 거야. 그래서 묻는 것이지만 자네가 제출한 방법대로 하자면 무엇이 필수 조건인지 알고 있겠지?"

"예."

"집도하는 의사의 역량이 가장 중요해. 우회로를 내기 위해 동맥을 절개했을 때 쏟아져 나오는 출혈을 이겨낼 속도. 그리고 피 한방울도 새지 않을 정도로 정교하게 봉합할 수 있는 세밀함. 마지막으로 피에 가려진 시야 속에서도 그것을 모두 이겨낼 수 있는 감각. 그 모든 것을 만족하는 명의만이 자네가 제시한 바이패스를 성공시킬 수 있어. 그래서 확인하고 싶은 것이 있네만. 내게 자네의 봉합 실력을 보여줄 수 있겠나?"

"……"

"여기 고무관으로 봉합해보게."

제퍼슨이 수술에 쓰이는 바늘과 실, 겸자 등을 내놓았다. 그리고 두개의 얇은 고무관을 내놓고 지연의 봉합 실력을 확인하고자 했다. 제퍼슨의 기대와 미소 앞에서 지연이 겸자를 들었고 바늘에 실을 끼웠다. 봉합하려고 할 때 제퍼슨이 고무관에 먹물을 부었다.

"참. 이래야 그나마 비슷하겠군. 해보게."

제퍼슨의 행동에 놀라거나 당황하지 않았다. 그저 마음을 차분하게 다지고 겸자로 바늘을 집고 고무관을 봉합하기 시작했다.

거침없이 바늘을 끼우고 손으로 묶으면서 신속을 보여줬다.

'빠르다!'

제퍼슨의 표정이 환희에 찬 표정으로 바뀌었다. 그의 반응을 무시하고 지연은 계속해서 고무관 2개를 'T'자 형태로 봉합했다. 그리고 봉합을 끝냈다. 지연이 손에서 겸자를 놓자 제퍼슨이 뜨거운 물로 먹물을 씻어내고 봉합 부위를 살폈다.

일정 간격으로 깔끔하게 실이 봉합되어 있었다.

"……"

할 말을 잃었다. 어떤 말로도 지연의 실력을 표현할 수 없었다. 그녀의 실력을 확인하고 제퍼슨이 생각했다.

'이 정도면 최소한 합중국과 전 유럽에서 열 손가락 안에 드는 실력이다! 미개한 조선의 여자가 어떻게 이런 실력을……?!'

경탄이 스며든 얼굴로 지연에게 물었다.

"뛰어나군! 이걸 어디에서 배웠나?"

"조선에서 배웠습니다."

"어떻게?"

"아시다시피 조선은 이제 막 전구가 들어오고 밤에는 매우 어두웠던 나라였습니다. 그래서 어두운 밤에 바느질을 해야 되는데, 그러다보니 손이 빨라지고 정확하게 할 수 있었습니다. 물론 모두가 그런 것은 아닙니다."

적당한 이유로 자신이 어떻게 그만한 손속을 가질 수 있게 됐는지 지연이 설명했다. 그 설명을 듣고 제퍼슨이 그런가보다 하면서 납득했다. 조선에 간 적이 없으니 지연이 한 말이 진짜라고 생각한 것이다.

그리고 본론을 이야기했다.

"이만한 실력이라면 날 위해서 힘써줄 수 있겠군."

"예?"

"자네가 제출한 과제대로 관상동맥에 병을 가진 환자를 수술해보려고 하네. 만약 성공한다면 세계 의학계에 내 이름을 새길 수 있겠지."

"제가 성공하면 그 이득을 취하시겠다는 말씀입니까?"

"그래. 하지만 나만 취하는 것은 아닐세. 자네도 알다시
피, 나는 외과를 총괄하는 전공 교수니 말이야. 날 도와
준 대가로 자네는 단번에 의사자격증을 얻고 졸업할 수 있
네."

"……."

"어떠한가? 매력적인 제안이지 않은가?"

명예를 탐하는 욕망이 제퍼슨의 눈동자에 가득 담겨 있
었다. 그리고 지연에게 필요한 것은 미국과 유럽에서 사람
을 고칠 수 있는 의사자격증과 대학교 졸업장이었다.

논문에 이름을 새기는 것 따위는 관심이 없었다.

"좋습니다. 하지만 먼저 해주셔야 할것이 있습니다."

"어떤 것을 말인가?"

"조기 학점 인정으로 졸업을 허락해주시고 의사자격증
을 허락해주십시오. 그러면 교수님의 수술을 도와드릴 수
있습니다."

"영악하군."

"법은 지켜야 합니다. 교수님."

자격증도 없는 의사에게 수술을 맡길 수 없었다. 지연의
제안에 제퍼슨이 입꼬리를 올렸다. 그녀의 졸업을 전공 교
수의 권한으로 허락했다.

"그렇게 하지. 그리고 빠를수록 좋겠어. 며칠 안에 졸업장과 의사면허증을 준비하겠네."

조기 졸업을 약속한 제퍼슨에게 지연이 몸을 앞으로 기울이면서 감사의 뜻을 전했다. 그리고 교수실에서 나왔다.

성한을 만나기 위해서 그와 보기로 했던 장소로 향했다. 그리고 학교 부지를 구경하고 미리 기다리고 있던 성한과 유정을 만났다. 성한이 지연에게 이야기가 잘되었는지 물었다.

"잘됐어?"

"그런 것 같아."

"얘기해줄 수 있는 내용이야?"

"당연히? 그런데 혹시 밥 아직 안 먹었지?"

"그래. 너랑 같이 밥 먹으려고 기다리고 있었어. 그런데 시간 돼? 강의 들어야 하지 않아?"

"이제 안 들어도 돼."

"뭐?"

"자세한 건 밥 먹으면서 이야기해줄게. 아무래도 빨리 졸업할 수 있을 것 같아."

식사를 하면서 밥을 먹기로 했다. 뒤에 강의가 있었지만 더 이상 출석하고 수업을 들을 이유가 없었다.

대학교 근처 이탈리아 요리 음식점으로 지연이 성한을

안내했다. 파스타를 주문하고 늦은 점심 식사를 하면서 자신이 제퍼슨 교수와 거래했다는 사실을 알려줬다. 그 이야기를 듣고 성한이 환하게 웃었다.

"그러면 대체 몇 년을 당긴 거야? 최소 3년이네?"

"그렇지."

"의사 면허를 얻게 되면 바로 병원을 열 수 있는 거야?"

"그래. 그래서 고민거리가 생겼어. 면허를 가지고 무엇을 할까 말이야. 병원을 여는 것도 한 방법이야."

지연의 이야기를 듣고 두 사람이 환하게 웃었다. 그리고 행복한 고민에 빠졌다. 유정이 성한에게 말했다.

"뉴욕에서 병원을 개원하는 것은 어떻겠습니까?"

지연도 그녀의 말에 동의하려고 했다. 그러나 성한이 고개를 가로저었다.

"아뇨. 제 생각은 조금 달라요."

성한이 지연에게 권유했다.

"의사가 되면 대학원 진학을 할 수 있지?"

"할 수는 있지."

"그러면 졸업장과 의사면허에 그치지 말고 교수가 되어보는 게 어때? 네가 미국 유명 의대의 교수가 된다면 그건 그거대로 큰 영향력을 행사할 수 있을 거야. 나는 네가 교수가 되었으면 좋겠어."

성한의 권유에 지연이 미간을 좁혔다.

"뭔가 마음에 안 들어? 표정이 왜 그래?"

그의 물음에 지연이 인상을 찌푸린 이유를 알려줬다.

"생각한다고 그런 거야. 그리고 네가 말한 것도 생각해 볼게."

"결정되면 이야기해줘."

"알겠어."

생각하는 것이 아니라 몹시 마음에 안 들었다. 그 이유를 찾고 싶었지만 짜증만 크게 일어났다. 포크로 파스타를 집는 성한을 보다가 무심결에 입을 열었다.

"저기 말이야, 너는 내가 뉴욕으로……."

"음? 뭐라고?"

"그게……."

말하다가 곁에 있던 유정의 시선을 의식했다.

반쯤 튀어나간 말을 도리어 입안으로 밀어 넣었다.

"아무것도 아니야……."

하고 싶은 말이 있었지만 말할 수 없었다. 그저 음식을 먹으면서 서로의 안부만 확인한 것에서 만족했다. 그렇게 맛없게 파스타를 먹었다.

먹던 도중에 성한이 워싱턴 D.C에서 한 일을 알려줬다.

"참, 조선으로 페니실린이 지원되고 공장이 지어질 거야. 그렇게 알고 있으면 될 것 같아."

한참을 있다가 지연이 알겠다고 말했다.

"그래……."

뭔가 맥이 빠졌다.

음식을 모두 먹고 식당에서 나올 때 성한이 값을 지불했다. 지연은 잘 먹었다고 말했고 성한은 그녀의 감사에 미소로 화답했다.

음식점에서 나왔을 때 지연이 성한에게 물었다.

"바로 갈거야?"

성한이 대답했다.

"그래야겠지? 얼굴도 봤고 말이야. 나름 건강해 보여서 다행이야. 부분대장의 경호도 든든해서 걱정을 덜었어."

"……."

"혹시 할 말 있어?"

지연에게 뭔가 할 말이 있는 것 같아서 성한이 물었다. 그의 물음에 지연이 고개를 가로저었다.

성한이 지연이 어떻게 지내는지 궁금했듯이 지연 또한 성한이 건강한지 궁금했다. 그리고 서로가 잘 지내고 있다는 사실에 안심했다.

지연이 조금 주저하다가 성한에게 물었다.

"또 언제 와?"

성한이 대답했다.

"글쎄? 일 있으면? 혹시 자주 왔으면 좋겠어?"

"아니."

"……."

"장난이야. 하지만 전화는 자주해. 혹시라도 내가 일이 있어서 못 받더라도 말이야. 나도 때때로 전화할게."

"알았어."

"호텔로 갈거지? 내가 데려다줄게."

서로 농담하면서 피식 거렸다. 아니라고 말하는 것이 정말로 아닌 것이 아님을, 두 사람은 너무나 잘 알고 있었다.

지연이 직접 차를 운전해서 성한을 호텔에 바래다 줬다. 해병대 대원들이 그곳에서 기다리고 있었고 성한은 대원들과 함께 기차역으로 향했다. 그리고 뉴욕으로 돌아갔다.

워싱턴 D.C에 지연이 남아 계속해서 새로운 역사를 만들어갔다.

조기졸업을 이루고 의사면허증을 취득한 뒤, 곧바로 동맥경화 환자를 받아서 제퍼슨과 함께 수술을 벌이기 시작했다.

세밀한 수술에 쓰이는 현미경을 머리에 쓰고 지연이 집도했다. 제퍼슨이 수술실 뒤에서 수술을 감독했고, 그를 돕는 조교수가 환자의 허벅지에서 동맥을 채취했다. 그리고 몇 명의 의사가 지연의 수술을 돕고 있었다.

그들은 하나같이 지연의 실력을 강하게 의심하고 있었다.

'대체 교수님께서 이 여자를 믿는 이유가 뭐야?'

'미개한 동양인 여자인데…….'

반면에 제퍼슨은 자신을 위해서 지연이 실력 발휘하기를 원했다.

'네 실력을 보이거라. 그리고 어차피 죽어야 할 환자를 살려봐. 네 공은 내것이 되고 너 또한 인정받을 테니.'

흡착으로 심장을 고정하기 위한 기구가 수술실에 배치되었다. 두근거리는 환자의 심장이 고정되자 바늘을 집은 겸자를 지연이 들었다. 관상동맥 아래쪽에 작은 구멍이 생기고 거기에서 피가 조금씩 새어나왔다. 지연이 사람들에게 선포했다.

"바이패스, 시작하겠습니다."

채취한 동맥 혈관을 구멍에 연결하기 시작했다. 빠른 손놀림에 그녀를 지켜보던 조교수와 의사들이 감탄했다.

'빠르다!'

'소문의 손속이 사실이었어!'

비하 속에서도 새어나오는 소문들이 있었다. 그리고 그 소문이 드디어 진짜라는 것을 믿게 됐다.

이식되는 혈관 아래쪽이 빠르게 봉합되었다. 이제 혈압이 살아 있는 큰 동맥에 윗부분을 연결시켜야 했다. 동맥에 구멍을 내자 거기에서 피가 뿜어져 나왔다. 그러자 지연이 채취한 동맥을 붙이고 봉합하기 시작했다.

그것을 지켜보던 의사들의 눈이 잔뜩 커졌다.

'어떻게 이런 속도가?!'

'아까 전보다 더 빨라졌어!'

'이 여자, 이런 실력을 대체 어디서 키운 거야?!'

눈앞에 걸린 현미경 덕분에 호랑이 등에 날개를 단 격이었다. 손속을 이루는 예민한 감각에 시각이 더해지자 지연은 거침없이 봉합을 벌이면서 동맥에서 뿜어져 나오는 출혈을 압도했다. 그리고 마지막 봉합을 이루면서 실을 끊었다. 고정기를 심장에서 떼자 자유롭게 박동하면서 피를 온몸에 보내기 시작했다. 그리고 그 박동은 전보다 더욱 힘찼다.

비록 온전한 수명을 누릴 수 있을지 없을지는 아직 몰랐지만 10년이라도 더 살고 싶은 환자의 마음을 충족시켰다. 봉합 부위에서의 출혈을 확인하고 절단했던 가슴뼈를 붙였다. 그리고 열었던 가슴을 닫았다.

"수술을 종료합니다. 그리고 축하드립니다. 제퍼슨 교수님."

정적이 감돌면서 의사들이 감탄했다.

'대단해!'

'엄청난 실력이야!'

'이게 정녕 동양 여자가 벌인 수술이란 말인가……?!'

지연의 공을 자기 것으로 만든 제퍼슨이 덕담을 건넸다.

"자네로 인해서 세상의 관점이 바뀔 것이네. 고맙네."

수술을 벌이는 동안 있었던 모든 조치와 과정들이 논문에 쓰였다. 그리고 그 논문에 지연의 이름은 빠져 있었다. 그러나 그녀의 실력과 성과를 목격한 사람들이 있었고 적어도 그들만큼은 더 이상 지연을 두고 동양인 여자라 무시할 수 없었다.

그들의 편견이 모두 통용되는 것이 아님을 100년 먼저 깨우쳤다.

수술을 마친 환자가 마취에서 깨어나면서 무사히 회복했다. 그 소식을 들은 지연은 환자가 바뀐 미래에서 선한 일을 할 수 있기를 기도했다. 그리고 유정과 함께 서재필을 만났다. 그는 지연이 의대에서 자리 잡을 수 있도록 힘쓰고 있었다.

"면허 취득을 축하하네. 그리고 시민권 취득도 말이야. 이것으로 미국에서 마음껏 꿈을 펼칠 수 있겠어. 교수가 되기로 목표를 세웠다고 하던데 반드시 그럴 수 있기를 바라네. 이 큰 나라에서 조선인이 대업을 이룰 수 있기를 소망하네."

"감사합니다. 선생님."

함께 식사를 하며 지연을 축하했다. 서재필의 부인인 뮤리엘도 지연이 미국에서 의사가 된것을 축하했다. 그들은 때때로 만나서 근황을 묻고 서로를 보살폈다.

조선에서 온 명의가 미국인들을 살리기 시작했다. 그들은 정해져 있던 운명을 부수고 새로운 미래를 선사했다.

그리고 조선에도 새로운 길이 열리고 있었다.

사막과 바다의 도시인 샌디에이고에서였다.

* * *

버지니아 뉴포트뉴스에서 '체서피크 조선소'라는 회사가 수주를 독점하면서 주변 조선사들을 파산시켰다. 때문에 이름도 모를 중소 조선회사 사장들은 졸지에 길거리에 나앉게 되었고, 그들은 절망에 빠지게 됐다. 그때 그들을 구한 것은 다름 아닌 동양인이었다.

"투자를 받으시겠습니까?"

"뭐요……?"

"그렇게 술만 마시지 말고, 투자를 받고 다시 시작하는 겁니다. 저는 실의에 빠진 당신을 구해드릴 수 있습니다. 한번 믿어보시겠습니까?"

처음에는 그저 미친놈의 이야기처럼 들렸다. 그러나 알고 보니 온갖 수식어를 가져다 붙이기도 힘든 부호였고 필립제이슨과 포드퍼스트의 대주주인 사람이었다.

자신을 구원해주는 자가 미개한 동양인이건 아니건 중요하지 않았다. 그저 돈을 받아서 실패를 딛고 일어날 수 있기를 원했다.

  그렇게 몇 명의 백인 사장들이 성한의 도움을 받고 일어섰다. 파산된 조선소에서 일했던 인부들 중 일부는 사장을 따라서 미국 서부로 향해 새로 일하기 시작했다.

  '대한로드쉽'이라는 회사에서 일하며 배를 건조하기로 했다. 그리고 투표를 통해서 뽑힌 사장 중 한 사람이 대한 로드쉽을 책임지는 사장이 되었다.

  그는 '톰 하딩 스튜어트'였다. 그리고 역사에 묻혀야 했던 이름이었다.

  중년의 스튜어트가 샌디에이고만에 건설되는 조선소를 살폈고, 물막이가 되어 거의 다 지어가는 '드라이 독'을 시찰했다. 거선(巨船)을 건조할 수 있는 드라이 독을 보고 만족감을 나타냈다.

  "거의 다 지어져가는군."

  "예. 사장님. 다음 달이면 완공됩니다."

  "저 배들도 말이지."

  "예. 사장님."

  "대한해운이라, 참으로 묘한 사명이로군."

  드라이독 옆에 건조가 거의 끝나가는 화물선이 있었다. 조선소 건설과 선박 건조가 동시에 이뤄졌다. 그중 3척이 동시에 건조되면서 시운전을 벌인 뒤 같은 사명을 지닌 해운회사에게 인계됐다.

서쪽으로 일터를 옮긴 후에 이뤄진 첫 거래였다.

해운회사의 사장이 직접 스튜어트를 만나러 왔고 샌디에이고 항구 부두에서 서로 악수를 하게 됐다.

대한해운의 이정욱이 스튜어트와 인사하며 흡족한 미소를 지었다.

"예상대로 정말 잘 만든 화물선이더군요. 속력도 빠르고, 무엇보다 태평양의 물살을 잘 가르는 것이 마음에 들었습니다. 균형도 잘 잡고 말이죠."

"비록 뉴포트뉴스 경쟁에서 패했지만 기술과 실력만큼은 아닙니다. 최대한 발휘를 해서 정성껏 건조했습니다. 모쪼록 오랫동안 잘 쓰셨으면 합니다."

"앞으로도 좋은 거래를 이룰 수 있었으면 좋겠습니다."

"저도 단골 고객에게 더욱 최선을 다할 수 있는 기회가 있기를 원합니다. 신의 가호가 함께 하기를 빕니다."

"감사합니다."

앞으로도 많은 거래를 이룰 것이라고 생각했다. 그러면서 스튜어트는 같은 사명을 쓰고 동양인 사장이 해운회사를 경영한다는 것에서 대한해운의 뒤에 어쩌면 성한이 있을지도 모르겠다는 생각을 했다. 그는 차후에 성한과 만나면 거기에 관해서 물어보려고 했다. 그리고 성한은 대한로드쉽의 주식 90퍼센트를 가지고 있는 대주주였다.

3척의 화물선을 인계받은 대한해운이 본격적으로 태평

양의 물살을 가를 준비를 했다.

항구에 정박해서 철도를 통해 동쪽에서 이송된 화물들을 선적했다. 나무 상자 안에 종이로 된 상자가 가득 채워져 있었고, 그 안에 잘 포장된 페니실린 앰플이 한가득 담겨 있었다. 그리고 건설을 위한 각종 장비들과 자재가 화물선에 가득 실렸다.

화물선에는 자체 크레인이 있어서 어지간한 항구에서는 화물을 하역할 수 있었다.

세 선박의 이름은 우사, 운사, 풍백이었다. 선측에 새겨진 영어 선명을 보고 정욱의 만감이 교차하고 있었다.

우사호의 선장이 정욱에게 와서 출항의 뜻을 전했다.

"출항하겠습니다. 사장님."

보수에 모든 것을 거는 백인 선장이었다. 합당한 보수를 주면 누구의 직원이든 될 수 있는 자였다. 설령 동양인이라고 해도 그를 존대할 수 있는 위인이었다. 그것이 보통의 사람이었다.

정욱이 선장에게 안전한 운항을 당부했다.

"무사히 조선에 다녀오기 바랍니다."

"예. 사장님."

우사호의 선장과 운사, 풍백의 선장이 차례대로 선장모를 벗고 인사했다. 그리고 승선했다. 세 화물선이 차례대로 부두에서 거리를 벌리기 시작했다.

기적 소리가 바다와 하늘을 가득 채웠다. 화물선은 속도를 높이며 해가 지는 수평선으로 달려갔다.

대해의 물살을 가르며 먼 동양에 이르는 대항해를 시작한 것이다.

우주를 관통하는 것에 비해서는 별것 아니었다. 그러나 정욱은 감격에 찬 모습으로 세 화물선이 사라질 때까지 계속 부두 위에 서 있었다. 그리고 더 이상 보이지 않을 때 발걸음을 돌려 해운회사의 직원들과 함께 조촐한 사옥으로 향했다.

건설되고 있는 대한로드쉽 조선소 부지 뒤편에 대한해운 사옥이 건설되고 있었고, 그 옆에 대한해운의 오두막 같은 임시 사옥이 있었다.

정욱이 사옥에 들어갔을 때 전화를 담당하는 직원이 급히 달려왔다.

"사장님!"

"무슨 일인가요?"

"워싱턴 D.C에서의 소식입니다! 쿠바 아바나에서 우리 군함인 메인 호가 침몰했다고 합니다! 곧 정부에서 선전포고할 거라고 합니다!"

1898년 봄이었다. 수년 전부터 험악한 관계를 이루던 두 나라가 피할 수 없는 전쟁을 치르려고 했다. 어쩌면 그것은 예전된 것이기도 했고 어쩌면 그것은 지극히 인위적인 전쟁이기도 했다.

전쟁을 치르는 것에 있어서 선한 전쟁이란 있을 수 없었다. 그러나 피할 수 없는 상황에서, 그것을 이용할 수 없는 어리석음까지 발휘해야 할 이유는 없었다.

정욱이 직원들에게 지시를 내렸다.

"태평양이 주 전장이 될 겁니다. 이제부터 정부가 주문하는 것들을 수행하고 인지도를 쌓읍시다. 우리에게 필요한 것은 인지도입니다."

위기를 기회로 바꾸려고 했다. 그것은 용기를 가진 자가 이룰 수 있는 대단한 도전이었다. 그 도전에 임하는 여러 기업인들이 있었다.

대기업을 원한다면
국가를 상대로 장사하라

“호외요! 호외!”

“쿠바 아바나의 우리 국민들을 보호하던 메인호가 침몰했어요!”

“정부에서 스페인 식민 정부의 책임인지 조사 중에 있어요!”

“호외요! 호외!”

왼팔에 신문을 안은 아이들이 오른손에 신문을 들고 크게 흔들었다. 아이들이 외치는 긴급 소식에 주위에 있던 사람들이 몰려와서 신문을 구매했다. 손에 신문을 펼친 사람들은 심각한 표정으로 신문의 내용을 읽었다.

신문을 읽으며 정제되지 않은 감정과 생각이 흘러나왔다.

"스페니쉬 놈들이 드디어 일을 저질렀군!"

"놈들의 공격으로 266명이나 되는 우리 해병이 전사했어!"

"개자식들!"

미 군함 메인호에서 일어난 화재로 266명이나 되는 미 해병이 숨졌다. 그 화재의 원인이 어디에 있는지 파악되지 않았지만 사람들은 이미 스페인이 범죄를 일으켰다고 결론을 내린 상태였다. 그것은 수년 전부터 누군가에 의해서 그려진 큰 그림이었다.

성한도 뉴욕의 자택에서 아침 식사를 하다가 급히 온 신문을 읽고 있었다. 식탁에 앉은 기술팀장들과 대원들이 신문에 쓰여 있는 내용을 궁금히 여겼다. 박석천이 성한에게 물었다.

"정말로 메인호가 침몰되었습니까?"

"예."

"이제 미국과 스페인이 전쟁을 치르겠군요."

"다른 역사는 바뀌었는데, 이 역사는 바뀌지 않았네요. 아무래도 오랫동안 누적된 원인의 결과인 것 같습니다. 미국이 독립하면서 독립의 정통성을 확보하고 유지하기 위해 아메리카 대륙의 식민지는 모두 독립되거나 미국의 영

46

토가 되어야 한다는 식으로 정책을 펼쳐왔으니까요. 쿠바를 식민지로 다스리는 스페인에게 인권 문제를 들먹이면서 충돌을 벌여왔어요."

"미국 국민들의 마음은 이미 전쟁에 쏠려 있겠습니다."

"언론이 그렇게 만들었으니까요. 남북 전쟁을 치르면서 속보와 호외 등으로 엄청난 수익을 거뒀던 언론사들이 스페인과의 전쟁으로 막대한 이득을 챙기려고 분위기를 조장했어요. 이제, 전쟁이 아니면 미국인들이 조사의 결과를 받아들이기 힘들 겁니다. 무조건 개전될 거고 우리는 이 전쟁에서 막대한 수익을 챙겨야 해요. 막을 수 없는 전쟁에서 이익마저 포기하는 것만큼 어리석은 일은 없을 겁니다. 계획대로 된다면 우리는 이 전쟁에서 막대한 수익을 올릴 겁니다."

미리 알고 있는 역사였고, 미래가 바뀐 상황에서도 피할 수 없는 미래라고 판단했다. 그리고 여지없이 역사에 기록되는 비극이 벌어졌다.

침몰의 원인보다 미국 시민과 정부가 무엇을 원하느냐에 따라 결론이 정해졌다.

워싱턴 D.C 주재 스페인 대사관으로 미국 국무부의 공문이 전해졌다. 국무부 관리가 스페인 대사에게 포고했다.

"지금부터 우리 정부는 우리 해군 장병들을 희생시킨 책임을 스페인 왕국에게 물을 것입니다. 현 시각부로 스페인

정부에 전쟁을 선포합니다."

스페인 대사가 당황한 표정을 지었다. 그리고 무거운 손으로 국무부 관리가 건네는 전쟁 포고문을 받았다.

현실을 인정하고 미국에 맞서기로 했다.

"절대 미국은 우리와의 전쟁에서 이길 수 없을 거요. 수백 년을 이어온 대제국의 위용을 무시하지 마시오. 우리 제국의 해군은 여전히 건재하오. 반드시 이 일의 대가를 치를 것이오."

스페인 대사의 경고에 미국 국무부 관리가 비웃었다. 그는 이미 세상의 지렛대가 미국인의 손에 쥐어졌다고 말했다. 그리고 승리를 확신하며 대사관에서 나왔다.

그로써 미국과 스페인의 전쟁이 시작되었다.

노포크에 정박 중이던 미 해군 함대가 쿠바를 향해 출항했고, 태평양에선 필리핀을 점령하기 위해 하와이에서 해군 함대가 출항했다.

전쟁부에서 해군 차관보좌관을 맡고 있던 루즈벨트가 성큼성큼 걸으며 장관 집무실로 들어갔다. 그리고 그에게 봉투 하나를 넘겼다.

"뭔가 이것은?"

장관인 러셀 엘저가 물었다. 결의 가득한 목소리로 루즈벨트가 대답했다.

"사표입니다."

"사표?"

"나라에 전쟁이 일어났는데 의자에 가만히 앉아서 펜만 굴릴 수 있겠습니까? 마땅히 전장으로 가서 적을 요격할 겁니다. 영국에 항전했던 민병대의 정신으로 싸울 겁니다."

엘저가 루즈벨트를 말렸다.

"자네의 정신은 사람들에게 극찬 받아야 마땅하지만 엄연히 형식과 명령체계가 있네. 민병대는 우리 미국이 세워지기 전에만 존재해야 하는 부대야. 그러니 진정하고 사표를 거두게. 대신 자네의 권한을 좀 더 높이겠네."

"……."

엘저의 조언을 루즈벨트가 탐탁지 않게 여겼다.

"제가 원하는 것은 전방에서 싸우는 것입니다. 때문에 그것이 가능하든 가능하지 않든 차관 보좌관 직에서 사퇴하겠습니다. 이만 가보겠습니다."

"이보게! 보좌관! 루즈벨트 보좌관!"

제출한 사표를 거두지 않고 당당한 걸음으로 전쟁부에서 나섰다. 밖에는 루즈벨트를 기다리는 사람들이 있었다. 그들은 하나같이 루즈벨트와 함께 일하면서 그를 존경하게 된 사람들이었다. 그중 한 사람이 루즈벨트에게 와서 그가 전쟁부에 가 있는 동안 들어온 소식을 전해줬다.

"포드 모터스에서 우리 부대를 차로 돕겠다는 연락이 왔

습니다. 그리고 필립제이슨에서 치료약을 지원하고 대한
해운에서 상선을 지원해주겠다고 합니다. 대장님의 결의
에 크게 감동받은 것 같습니다."

"고마운 일이군. 그저 미국에 이민 온 동양인인 줄 알았
는데, 그 정도면 이제 미국인으로 받아들여도 되겠어. 차
후에 그들을 만나면 감사의 뜻을 전하도록 하세."

"예. 대장님."

"가세."

"예!"

의기를 가득 품고 말 위에 올랐다. 마치 출정을 떠나는
장군처럼 루즈벨트가 병력을 이끌었고, 워싱턴 D.C에 거
주하는 많은 사람들의 시선을 끌었다. '러프 라이더' 연대
라는 이름으로 세상에 그와 그를 따르는 이들의 의기를 알
리기 시작했다.

미국과 스페인의 전쟁에 많은 회사들이 그들을 지원하며
물자를 납품했다. 화물 열차에 군수품들이 실려서 후송됐
다. 그리고 항구 주변의 역에서 인부들이 후송된 군수품을
마차 위에 싣고 있었다. 그들은 하나같이 후송을 맡은 회
사에 소속되어 있었다.

"전쟁이라는 게 꼭 나쁜 것만은 아냐. 우리에게 이렇게
일자리를 주니까. 이런 전쟁이라면 얼마든지 찬성이야."

"그래. 맞아."

"빨리 옮겨서 점심밥이나 먹자고. 시간 안에 이 화물을 해치워야 해."

할당량이 있었고 그 양을 반드시 해결해야 했다. 인부들은 마차 위에 군수품들을 차곡차곡 쌓아 올렸다. 그들은 마차가 부두를 다녀오는 사이 미리 화물을 내리고 잠시 쉬면서 대기했다. 그리고 수시로 시계탑의 시계를 보면서 점심시간이 오기 전에 끝내야 한다는 강박에 싸이게 됐다. 결국 점심시간이 오기 전에 오전의 물량을 옮기지 못했다.

"빌어먹을! 대체 언제 끝나는 거야!"

"투덜거리지 마. 시간 지나가니까. 망할! 졸졸 굶으면서 이걸 옮겨야 하다니."

"제기랄!"

배가 굶자 자연히 입에서 욕설이 나왔다. 그리고 새로 화물 열차가 역에 도착했다. 일하던 인부들은 잠시 하던 일을 멈추고 예정되지 않은 화물이 도착했다며 절망감에 빠졌다. 그러나 화물 열차에 실린 것은 군수품이 아닌 자동차였다.

신문이나 사진으로 본 적이 없는 전혀 새로운 차였다. 그 차의 전면에는 'FORD'라는 글씨가 쓰여 있었다. 덕분에 차가 어디에서 만들어졌는지 사람들은 금세 알 수 있었다.

포드모터스에서 제작한 신형 자동차였다. 그리고 전시

를 위해 특별히 기획해서 개발된 신차였다.

 적색봉을 든 선탑자가 화물열차에서 자동차들을 유도하고 있었다.

 "조심히 이동해! 천천히! 천천히! 좋아!"

 바퀴가 겨우 지나갈 수 있는 다리를 통해서 화물칸에서 차가 내려섰다. 그리고 10대의 차가 화물을 옮기던 인부 앞에 섰다. 앞은 마치 유리창과 차체가 수직으로 떨어지는 것 같은 형태였고, 뒤는 마치 수레가 장착된 것처럼 화물을 싣기에 적절한 형태를 띠고 있었다.

 차가 모두 내려지자 역에서 정차했던 화물 열차가 다시 출발했다. 아직 화물칸에 다수의 차가 실려 있었고, 아무래도 화물칸의 차들을 다른 곳에 수송하려는 듯했다.

 열차가 가고 적색봉을 든 유도원이 인부들 앞에 왔다. 인부들에게 후송 된 차에 대해서 설명했다.

 "포드 모터스에서 납품한 화물차요. 마차로 이끄는 수레 4대분을 동시에 옮길 수 있으니 하역과 후송에 무척 도움이 될거요. 여기 운전수들이 여러분들을 도와줄 거요. 옮겨야 할 화물이 꽤 있는 것 같은데 빨리 끝내서 쉬도록 하오. 포드 모터스의 애리조나를 기억해주시오."

 포드모터스의 직원이었다. 그리고 그는 인부들에게 1톤의 화물을 옮길 수 있는 '애리조나' 자동차를 각인시켰다. 그리고 '트럭'이라는 단어로 그 차의 쓰임새를 세상에 알

52

렸다.

역과 부두 사이를 오가고 때로는 화물을 싣고 20마일이나 되는 거리를 빠르게 다니기도 했다.

전시에 포드모터스가 활약하기 시작하면서 사람들은 자동차의 유용함을 경험하고 다시 한번 더 깨우치게 됐다. 짐을 옮기면서 인부들이 크게 감탄을 터트렸다.

"빨리 끝내고 밥 먹자! 잘하면 밤까지 옮겨야 할 화물을 저녁이 되기 전에 모두 옮길 수 있겠어!"

"애리조나, 네놈을 기억하마! 돈을 모아서 이놈을 사야겠어!"

"포드 퍼스트도 사야 되는데 정말 고민이네. 젠장!"

갖고 싶은 물품이 하나 더 늘었다. 인부들은 돈을 모아서 부의 상징이 되는 차를 사겠다는 꿈을 가지고 있었다. 그리고 그 꿈은 몇 년 동안 고생하면 이룰 수 있는 꿈이었다.

포드 퍼스트와 애리조나 사이에서 고민을 하다 용도에 맞게 차를 사야겠다는 생각을 했다.

인부들에게 소중했던 마차는 뒷전으로 밀려났고 고생했던 말들은 여물이나 먹으면서 휴식을 취했다. 그리고 애리조나가 전시 후송에 주력으로 힘을 발휘하기 시작했다.

그에 관한 보고가 대통령인 매킨리에게 전해졌다.

"포드모터스 덕분에 보급이 원활하군. 마차로 군수품을 수송할 생각이었는데 자동차의 힘이 정말 강하긴 하오."

"말 몇 마리의 힘을 단번에 발휘할 수 있습니다. 그리고 말보다 조종이 쉬워서 원하는 곳에 원하는 속력으로 달려가 멈출 수 있습니다. 다만 기름을 소모한다는 것이 단점입니다."

"어차피 말도 여물을 먹어야 하지 않소? 말이 여물을 먹으나 차가 기름을 먹으나 똑같다고 생각하오. 마침 정부에 기름을 팔겠다는 회사들이 있으니 그들에게 납품을 받으면 기름 걱정은 없을 거요. 지금 계약한 것은 계약한 대로 받고 입찰 경쟁으로 기름을 납품 받으시오. 우리의 승리에 크게 도움이 될거요."

"알겠습니다. 각하."

"재무부와 논의해서 결재 문서를 올리시오."

애리조나가 가진 능력을 마음껏 쓰기 위해 정제된 가솔린이 대량으로 필요했다. 전쟁부와 재무부의 협의 하에 가솔린 조달을 위한 입찰 계획을 마련했다. 그리고 미국의 각 석유 회사에 군용으로 정제된 가솔린과 등유 등을 납품하라는 입찰 공문을 보냈다.

* * *

아메리카 대륙에서 가장 큰 석유 정제 회사였다.

어쩌면 유럽을 포함하여 전 세계에서 가장 큰 석유 채굴

및 정유 회사일 수도 있었다.

미국 오하이오주 클리블랜드였다. 그곳에 '스탠더드오일'이라는 간판이 세워진 빌딩이 있었고, 그곳 가장 높은 곳에 세계 최고의 부호를 꿈꾸는 남자가 있었다.

둥글면서도 조금은 긴 얼굴에 콧수염을 가진 남자였다. 그가 앉은 책상 위에는 미국 정부에서 보내진 입찰 공문이 있었다. 공문을 보면서 남자가 기막힌 표정을 지었다.

"입찰이라니, 대체 무슨 생각이지? 이 미국에서 우리 말고 석유를 납품할 수 있는 회사가 있나?"

"한군데 있긴 있습니다."

"어떤 회사가 말인가?"

"US오일입니다. 사장님과 경쟁을 벌이다가 나가떨어진 정유 회사들이 모여서 만든 회사입니다. 아무래도 US오일을 통해 사장님을 견제하려는 것 같습니다."

비서의 이야기를 듣고 남자가 피식 하면서 웃었다.

"신생 회사에 뭘 바라는 것인지… 하긴, 정부 입장에서는 기름을 사더라도 싸게 사는게 이익이니까. 어차피 우리가 이길 것이니 입찰에 참여할 것이라고 정부에 전하게. 우리가 이 나라의 석유를 지배하고 있음을 보여줄 것이네."

"예. 사장님."

남자의 이름은 '존 데이비드 록펠러'였다. 그는 세상에서 석유왕이라 불리는 남자였다.

그가 석유 회사를 창업한 이래 숱한 경쟁자들이 있었지만 모두 그를 이기지 못했다. 그렇기에 이번에도 당연히 이길 것이라고 생각했다. 시장에 판매하는 석유의 90퍼센트를 생산하고 공급하고 있었다. 그의 결심에 따라 유가가 결정될 수 있었다.

스탠더드오일에 보내진 공문과 마찬가지로 뉴욕에 위치한 US오일 본사 사옥에도 공문이 전해졌다. '롱에이커 스퀘어'라고 불리는 거리의 빌딩 한채를 '해리 존스'라는 사람이 사들이고 US 그룹이라는 간판을 앞에 세웠다. 그리고 성조기를 달면서 그 회사가 미국의 기업이라는 것을 알렸다.

'X'자로 교차하는 거리 사이에 자리 잡아 길을 지나는 사람들이 쉽게 주목하는 빌딩이었다. 그 빌딩에 고급 양복을 입은 동양인들이 당당히 들어갔다. 승강기를 타고 최고층으로 올라가서 회장실에 들어갔다. 그러자 그곳에 있던 백인 회장이 자리에서 벌떡 일어서면서 동양인들을 환대했다.

그중 한 사람에게 깍듯한 예로 극진히 대접했다.

"오셨습니까."

허리를 굽히면서 동양인들의 인사법에 맞추려 했다. 모

자를 벗는 이가 그의 인사를 받아줬다. 그는 성한이었고, 백인 회장을 수렁 속에서 구해낸 구원자였다. 성한이 회장과 악수하면서 반가워했다.

"오랜만입니다. 처음 봤을 때보다 인상이 밝아 보입니다."

"할 일이 있어서인 것 같습니다. 그때 정말 힘들었는데, 모든게 존스씨께서 도와주신 덕분입니다. 지금도 정말 감사합니다."

회장의 감사에 성한이 손사래를 쳤다. 자신 덕분이라는 말을 부끄럽게 여기면서 회장실 이곳저곳을 천천히 살펴봤다.

책상 위에 세워진 명패에 '스탠리 조지 하퍼'라는 이름이 쓰여 있었다.

소파를 보면서 성한이 하퍼에게 물었다.

"앉아도 되겠습니까?"

"물론입니다."

"긴밀한 이야기를 해야 하니 저희들 외에 다른 사람들은 비워주시기 바랍니다."

"알겠습니다."

하퍼가 지시하자 그의 비서와 직원들이 회장실 밖으로 나갔다. 그리고 성한을 지키는 대원들이 회장실 문 앞을 지켰다. 옆방에도 사람들을 비우면서 일절 회장실에서 하는 이야기가 새어나가지 않게 만들었다.

맞은편 소파에 하퍼가 앉자 성한이 미리 들었던 소식을 물었다.

"정부에서 입찰 공문이 왔다고 들었습니다. 지금 있습니까?"

하퍼가 책상 위에 있던 공문을 가지고 와서 성한에게 넘겼다.

"여기 있습니다. 아무래도 소규모 정유회사들은 입찰을 포기할 것 같습니다. 입찰하게 되면 US오일과 스탠더드오일만 입찰하게 될 겁니다."

스탠더드오일이라는 말에 성한이 피식하면서 웃었다. 그 미소의 의미가 무엇인지 하퍼는 전혀 상상할 수 없었다. 입찰 공문을 읽으면서 성한이 하퍼에게 물었다.

"만약 입찰하게 된다면 스탠더드오일에선 얼마에 입찰할 거라 예상하십니까? 회장님의 경험으로 말입니다."

성한의 물음에 하퍼가 잠시 고민했다. 그리고 자신의 판단을 성한에게 알렸다.

"등유 기준으로 1갤런에 6센트입니다. 자동차에 쓰이는 가솔린이라 해도 비슷한 수준일 겁니다. 그만한 가격으로 입찰할 수 있는 회사는 스탠더드오일밖에 없을 겁니다."

"그렇다면 우리는 1갤런에 5센트로 하고, 록펠러가 4센트로 내리면, 3센트로 입찰합시다. 그러면 정부에서 우리에게 납품을 허락할 것입니다."

성한이 다시 미소를 지으면서 말했다. 그 말을 듣고 하퍼
가 크게 놀랐다. 성한이 말한 입찰 가격이 불가능하다고
생각했다.

"1갤런에 5센트는 우리 회사의 손익 분기점입니다. 4센
트로 내리면 소규모 손해에 3센트면 대량 손해입니다. 물
론 스탠더드오일을 상대로 입찰 경쟁에서 이기겠지만 그
것은 상처뿐인 승리입니다. 4센트에서 멈춰야 된다고 생
각합니다."

하퍼의 의견을 듣고 고개를 가로저으면서 성한이 말했
다.

"상처뿐인 승리가 아니라 내일을 위한 발판입니다. 어차
피 이 전쟁, 오래가지 않습니다. 장담컨대 쿠바 점령과 필
리핀 점령으로 전쟁이 끝날 것이고, 몇 개월 동안만 정부
전쟁부에 납품하게 됩니다. 그러면 다소 손해를 보더라도
입찰에서 승리하고 사람들에게 US오일을 인식시킬 수 있
습니다. 납품되는 동안 제가 적자를 감당하겠습니다. 그
후엔 4센트로 유가를 고정해주십시오. 그러면 록펠러를
상대로 반드시 이길 수 있습니다. 스탠더드오일에 치명타
를 가져다줄 수 있는 방법이 있지만 지금은 적절하지 않으
니 차후에 말씀드리겠습니다. 최소한 미국에서 우리가 30
퍼센트의 공급량을 가져가야 합니다. 우리는 기술과 새로

운 유전으로 유가를 떨어트릴 겁니다."

희망에 찬 이야기로 하퍼의 머릿속을 지배하고 있던 고민을 깨버렸다. US그룹 대부분의 지분을 가진 성한이 얼마만큼의 부를 가지고 있는지는 하퍼가 알고 있었다. 그는 포드모터스와 필립제이슨, 대한로드쉽, 대한해운의 대주주였다.

수년동안의 손해는 안을 수 없었지만 몇 개월 동안의 손해는 능히 감당할 수 있었다. 그것을 알기에 근심과 우려가 남아 있어도 어쩐지 그의 말대로 이뤄질 것 같다는 생각이 들었다. 그때 뒤에 서 있던 사람들이 신경 쓰였다.

'저 사람들은…….'

한명은 동양 남자였고 또 다른 한명은 동양 여자였다.

어깨 뒤로 향하는 하퍼의 시선에 성한이 피식하면서 의미심장한 미소를 보였다. 그리고 그에게 두 사람을 소개했다.

"소개가 늦었군요. 채굴전문가인 김종민 그리고 화학전문가인 김세연입니다."

"채굴전문가와 화학전문가라고요……?"

"그렇습니다. US그룹 산하에 채굴을 담당하는 US에너지와 US화학의 경영인이 될 사람들입니다. 최고의 지식을 가진 사람들이니 마땅히 자사의 지원들을 이끌 수 있을 겁니다. 참고로 말씀드리자면 US오일의 새로운 유전을

60

발견한 사람이 이 사람입니다."

성한이 김종민을 가리키면서 설명하자 그를 본 하퍼의 눈동자가 떨렸다. 그는 성한이 US오일 경영을 위해 몇 곳의 신 유전을 알려줬다고 생각했다. 그러나 진짜는 그 뒤에 있는 사람이었다.

김종민이 하퍼에게 약속을 전했다.

"록펠러가 소유하지 못한 무수한 유전 지대를 알려드리겠습니다. 그곳만 개발하셔도 1갤런당 4센트로 등유를 팔고 막대한 수익을 거둘 겁니다. 제가 회장님께 그 길을 알려드리겠습니다."

* * *

미국 정부에 US오일의 입찰 참여가 알려졌다. 동시에 스탠더드오일의 입찰 참여도 알려졌다. 그렇게 스페인과의 전쟁 때 쓰일 등유와 휘발유 납품을 위한 대결이 펼쳐졌다.

입찰을 자신하며 록펠러가 쇠고기 안심 요리를 먹었다. 포크와 나이프를 들고 정찬을 가지며 직원들과 이야기를 나눴다.

"갤런당 6센트야. 그 정도면 입찰에서 승리할 수 있겠지. 세상의 그 어떤 정유회사도 우리가 펼치는 저가 공세에 견디지 못했어. 차후에 자축할 준비나 해둬."

"예. 사장님."

각 주마다 정유 공장과 공급소가 있었다. 스탠더드오일
은 막대한 생산 능력을 앞세워서 저가 충격을 가해 경쟁자
들을 물리쳤다. 갤런당 6센트는 스탠더드오일이 이익을
보는 한도에서의 최저가였다. 모두가 입찰에서의 승리를
장담했다. 그리고 정찬 중에 문이 열리면서 록펠러의 비서
보좌관이 들어왔다.

보좌관의 표정이 상당히 굳어 있었다.

"저… 방금 입찰에 관해서 소식이……."

보좌관이 비서에게 보고했다. 그리고 비서가 보좌관이
하는 이야기를 듣고 기막히다는 표정을 지었다.

록펠러가 비서에게 물었다.

"무슨 일인가?"

록펠러의 물음에 비서가 더듬거리면서 대답했다.

"US오일의 입찰 가격이……."

"음?"

"갤런당… 5센트라고 합니다……."

"……."

"놈들의 입찰 가격이 우리보다 낮습니다. 사장님……."

눈가가 움찔거렸다. 비서를 가만히 쳐다보던 록펠러가
포크와 나이프를 내리고 목 앞을 가리는 천으로 입을 닦았

다. 그리고 식사를 마저 하지 않고 끝내면서 물었다.

"사실인가?"

"예⋯⋯."

"미쳤군. 우릴 상대로 정면 승부를 벌이다니. 아직 입찰 시한이 있으니 새로 계획서를 준비하게. 갤런당 4센트로 말이야. 놈들의 승부를 받아줄 것이네."

"알겠습니다. 사장님."

"절대 US오일에 입찰을 허용해서는 안 될 것이네."

"예."

전례 없는 최저 유가였다. 록펠러의 지시로 미국 정부에 내어질 새로운 입찰 계획서가 준비됐다. 거기에는 등유 기준으로 갤런당 4센트라는 충격적인 가격이 제시됐다.

전쟁부 장관인 엘저가 매킨리를 만나서 보고했다.

"스탠더드오일에서 갤런당 4센트로 입찰안을 냈습니다. 회사는 두 회사밖에 없지만 경쟁에 불이 붙고 있습니다."

"올바른 방향대로 가고 있군!"

"예. 각하. 최저가로 군에 등유와 가솔린을 공급할 수 있을 것 같습니다."

입찰가가 갱신됐다는 이야기에 매킨리가 미소를 지었다. 하지만 속으로는 조금 안타까움이 일어났다.

'US오일이 좀 더 힘 써줬으면 좋겠는데⋯ 하긴, 합중국만 US오일의 시장은 아니지. 조만간 조선을 중심으로 동양에서 시장 개척을 벌일 테니까. 이것으로 만족해야겠어.'

US오일의 주식을 매킨리가 쥐고 있었다. 그리고 US오일의 수익은 곧 그의 배당금으로 떨어질 수 있었다. 하지만 스탠더드오일이 입찰 경쟁에서 이길 것이라고 생각했다.

며칠이 지나 입찰 마감 시한이 막 지났을 때 대통령의 집무실로 엘저가 급히 찾아왔다. 그의 얼굴에 경악이 담겨 있었다.

"납품할 회사가 정해졌습니다."

"스탠더드오일이오?"

"아닙니다. US오일입니다. 시한 막판에 갤런당 3센트 가격으로 입찰안이 들어왔습니다. 최저가 입찰로 US오일이 납품하게 됐습니다."

보고를 듣고 매킨리가 벌떡 일어났다. 엘저보다 놀란 표정으로 눈을 키우고 한층 더 기막혀 했다. 비서를 불러들여 급히 지시를 내렸다.

"당장 US오일의 경영자를 부르시오!"

"예. 각하."

US오일의 투자자로서 해당 회사의 재정 상태와 능력을 짐작하고 있었다. 매킨리가 하퍼를 호출한 순간, 미 전역

유수의 언론사들은 조간과 석간을 가리지 않고 전쟁 기사를 전면에 실으며 막대한 판매 부수를 올리고 있었다. 때때로 신문을 보는 사람들도 매일 신문을 읽을 정도로 분위기가 뜨거웠다.

해군기지에서 출항한 군함이 아바나에서 첫 포격을 가했다는 소식이 기사로 실려 있었다. 그 기사를 보며 사람들이 주먹을 불끈 쥐었다.

"그래. 이거야. 내가 원하던 거야."

"식민지 주민들을 괴롭히던 스페니쉬 놈들! 놈들은 아메리카 대륙에서 손을 떼야 돼! 그렇지 않으면 우리 군에 혼쭐이 날거야!"

"박살나라! 썩을 놈들!"

그들은 흥분하며 기사에 쓰인 내용을 통쾌하다고 생각했다. 그리고 뒷장에 쓰여 있는 군수 보급에 관한 기사도 읽게 됐다. 정부에 등유와 가솔린을 납품 회사가 정해졌다는 소식이 기사로 쓰여 있었다.

스치듯이 다른 기사로 시선을 옮겼다가 기사 제목 때문에 다시 되돌아갔다.

신문을 든 시민들이 어리둥절했다.

"US오일? 스탠더드오일이 아니야?"

"대체 어디 회사야?"

US오일을 잘 모르는 사람들이 궁금증을 보였다. 그리고

US그룹과 US오일을 조금이나마 아는 사람들이 설명해줬다. 아직 인지도가 부족했지만 미국에서 떠오르는 기업을 시민들은 알고 있었다.

"스탠더드오일에 밀려 파산한 정유 업체가 연합해서 세운 회사라던데?"

"듣기로 기름만 파는 것이 아니라 광석 채굴 같은 일도 벌인다고 들었어."

"최근에 시장을 넓히는 회사였어."

그리고 기사를 자세히 읽으면서 놀라워했다.

"여길 봐! 등유를 갤런당 3센트에 공급하기로 했대! 이러니 입찰에 성공하지!"

"스탠더드오일이 밀리는 건 처음 봐!"

"이렇게 가격을 내리는 게 가능한 일이야? 대체 무슨 마법을 부리는 거야?"

"우리에게도 이렇게 싸게 기름을 팔았으면 좋겠네."

놀람과 경탄, 바람이 함께 이어지고 있었다. 입찰에서 스탠더드오일이 처음 밀려난 것을 목격했고, 그들은 US오일을 걱정하면서도 자신들에게 싼값에 기름을 팔 수 있기를 원했다.

시민들이 보고 있던 신문은 클리블랜드 스탠더드오일 본사에도 전해졌다. 비서가 록펠러에게 신문을 건넸다. 그것을 받아 펼친 록펠러가 콧수염을 씰룩이며 기사를 읽었다. 갤런당 3센트라 쓰여 있는 기사의 내용이 믿어지지 않았다.

"바보 같은! 3센트에 정제유를 납품하겠다고?! 정부에서 설마 납품이 가능하다 여긴 것인가?!"

"납품을 받다가 파산하게 되면 다시 우리에게 납품을 맡기려는 것 같습니다. 일단은 3센트로 제출됐으니 입찰 경쟁에서 US오일에게 손을 들어준 것 같습니다."

"생각이 있는 것인지, 없는 것인지! 우리가 납품해서 벌어도 4센트가 한계인데 3센트라니! 두고 보게! 놈들은 반드시 반년도 안 되어서 후회하게 될거야! 우릴 신뢰하지 못한 정치인들은 대가를 치르게 될 것이네! US오일이 파산하면 곧바로 정부에 정제유를 납품할 준비를 하라고 공장주들에게 전하게!"

"예! 사장님!"

분통을 터트리면서도 냉철하게 생각했다.

입찰 경쟁에서 밀린 록펠러는 US오일의 파산을 예상하면서 후에 일어날 일들을 대비했다.

미국의 석유계를 지배하던 회사가 잠시를 기약하며 뒤로 물러났다. 그리고 US오일의 사장이자 그룹의 회장이 백악관에 호출됐다. 하퍼가 매킨리를 만나 악수했고 그로부터 납품에 관한 이야기를 들었다.

주위의 눈치를 살피면서 매킨리가 말했다.

"어쩌자고 3센트로 입찰 경쟁에 참여한 것이오? 4센트로 해도 이런저런 이유를 붙여서 US오일에게 납품을 맡겼을 텐데, 오판하였소."

"저희 회사에서 원하는 것은 이익이 아닙니다. 각하."

"뭐요?"

"US오일이 스탠더드오일에 비해 부족한 것은 오직 한 가지, 그것은 바로 인지도입니다. 스탠더드오일을 상대로 입찰 경쟁에서 명백하게 이길 사실이 필요했습니다."

"그렇다고 3센트라는 무리수를 두다니! 만약 파산하게 되면 어찌 되는 것이오? US오일의 주식은 휴지 조각이 되지 않겠소? 나는 지금 주주로서 US오일을 걱정하는 것이오."

"걱정하지 않으셔도 됩니다."

"어째서 말이오?"

"저희가 파산하기 전에 전쟁이 끝날 겁니다. 또한 유전 탐색과 채굴 기술은 저희 회사가 스탠더드오일보다 낮습니다. US에너지라고 불리는 채굴 전문 회사가 자회사로 있습니다. 근래에 남쪽에서 대규모 유전을 발견했는데, 이것은 대통령 각하께만 말씀드리는 겁니다. 때문에 배당금 지급에 문제가 생기는 일은 없을 겁니다."

새로운 사실이 하퍼의 입에서 흘러 나왔다. 남쪽에서 대규모 유전을 발견했다는 소식은 매킨리에게도 금시초문이었다. 다시 주위를 살피고 하퍼에게 물었다.

"사실이오?"

"사실입니다."

"대체 어디서 말이오?"

"경영 관계상 말씀드릴 수 없습니다."

대답을 거부하는 하퍼에게 매킨리가 몹시 궁금히 여겼다.

"어디 주에 있는지조차 알려줄 수 없는 거요?"

주라도 알려달라는 말에 하퍼가 고민하다가 대답했다.

"텍사스입니다."

"텍사스?"

"평원의 농토가 드넓은 정유 공장 지대로 바뀔 겁니다."

더 이상 묻거나 걱정할 수 없었다. 하퍼의 이야기가 사실이라면 갤런당 3센트로 등유 납품이 가능한 것으로 보였다. 다소 손해가 있겠지만 파산할 수준은 아닐 수도 있겠다고 생각했다.

근심을 거두고 매킨리가 말했다.

"그러면 어디 해보시오. 주주로서 경영자인 하퍼 사장의 판단을 믿겠소. 지원이 필요하다면 언제든지 말하시오."

"예. 각하."

만인의 예상을 깨트리고 회사의 부흥을 확신했다. 스탠

더드오일과 마찬가지로 오하이오주에 있던 US오일 소유의 유전에서 원유가 채굴되고 주변 정유공장에서 정제됐다. 그리고 갤런당 3센트로 등유가 전쟁부에 납품됐다. 애리조나를 굴리기 위한 휘발유는 갤런당 5센트로 납품되었고 미국 시민들이 신문으로 그 사실을 알았다.

기사를 읽으면서 납품이 진짜로 이뤄진다는 걸 알게 된 것이다.

"정말로 3센트야! 3센트에 등유가 납품되고 있어."

"US오일이 벌인 무리수라고 생각했는데 정말로 가능한 납품이었단 말이야?"

"여길 봐. 3센트가 가능한 이유가 있었어! 텍사스에 US 그룹의 채굴 회사가 대규모 유전을 발견했다고 해! 무려 스탠더드오일이 보유한 모든 유전보다 2배나 큰 크기야! 그것도 흩어져 있지 않고 모여 있어서 생산이 용이하다나 봐! 이러니 납품이 가능할 수밖에!"

"US오일은 절대 파산하지 않아!"

멕시코와 접한 미국 남부 지역의 주인 텍사스에 대규모 유전이 있었고, 그것을 US그룹이 확보했다는 내용의 기사가 실려 있었다. 그 기사를 보고 사람들은 US오일의 미래를 파산에서 생존으로 생각의 방향을 전환시켰다.

아무것도 모르는 농부의 농토를 싼 값에 US오일이 사들였다. 그리고 그곳에 US에너지의 직원과 기술자들이 폭약을 터트려 지진계로 유전의 크기를 확인했다.

P파로 불리는 땅에서 일어나는 진동 파장은 액체를 관통할 수 있었고, S파로 불리는 진동 파장은 고체만 관통할 수 있기에 유전과 지층을 충분히 구분 지을 수 있었다. 그리고 기록지에 새겨진 파장을 보고 직원들이 탄성을 터트렸다. 곧바로 시추 시설을 세우고 발전기를 가동 시키면서 100미터가 넘는 깊이로 구멍을 뚫기 시작했다.

US에너지의 경영자가 된 김종민이 직접 직원들의 작업을 감독하고 있었다.

"이제 곧 드릴이 유전에 닿을 거다! 땅 밑에 갇혀 있던 압력이 터져나올 수 있으니까 다들 조심해!"

"예! 사장님!"

유전 지대를 찾은 것도 그였고, 월급을 주는 사람도 그였다. 백인으로 구성된 기술자들은 자신들보다 낫고 먹거리를 제공하는 김종민을 따를 수밖에 없었다. 자신들의 가족을 먹여 살리는 사람에게 반항할 수 없었다.

땅 위로 보이던 드릴이 자취를 감추려고 했다. 그것을 성한이 멀리서 지켜보고 있었다. 때가 되었다는 생각에 종민이 양손으로 지붕 모양을 만들어 머리 위로 올렸다.

잠시 후, 땅이 들썩이면서 검은 물줄기가 솟구쳤다. 마른 하늘에 비가 내리기 시작했다.

"기름이다!"

"우리가 해냈어!"

"와하하하하!"

석유를 비로 맞으면서 사람들이 크게 환호했다. 종민이 미리 신호를 줘서 성한은 우산으로 검은 비를 피할 수 있었다. 그 앞으로 종민이 와서 환하게 웃었다. 기름 범벅이 된 얼굴로 성한에게 유전 시추가 성공했음을 알렸다.

"성공입니다! 예상 밖의 압력입니다! 이 정도면 최소 20년 넘게 채굴할 수 있습니다!"

"그래도 빨리 다른 유전도 개발해야 합니다."

"어차피 주위 천지에 널려 있습니다! 그래서 미리 농토를 사지 않았습니까? 대규모 유전에 대량의 유정을 파게 될 테니 록펠러의 독과점은 더 이상 불가능합니다! 우리가 미국의 유전을 모두 먹을 겁니다! 마치 엘륨을 캐는 느낌입니다! 이제 우리가 20세기를 지배할 겁니다!"

엘륨을 캤을 때 환호성을 질렀던 일을 기억했다. 그 모습과 환호하는 기술자들의 모습이 겹쳐져 보였다.

성한의 입가에 잔잔한 미소가 피어올랐다. 그리고 기름 비가 쏟아지는 광경을 멀리 떨어져 있던 신문사 기자들이 사진으로 찍고 있었다.

* * *

록펠러의 사장실 책상에 다시 한번 신문이 놓이게 됐다.

"텍사스 유전이라니?! 우리가 가진 전체 유전의 두배라고?!"

"예. 사장님……."

"정말로 기사대로 유전이 한곳에 몰려 있으면 유정을 건설할 때마다 생산성이 높아져서 갤런당 3센트의 납품도 견딜 수 있어! 어떻게 놈들에게 이런 기적이 벌어진단 말인가!"

"이미 주식 시장에서는 반응이 있습니다."

"뭐라고?!"

"우리 회사의 주식 가치가 떨어지고 US오일과 US그룹 전체의 주식 가치가 올랐다는 보고가 있었습니다. 그리고 계속 오를 것이라고……."

"빌어먹을! 이대로 있으면 놈들에게 일격을 허용하게 돼! 당장 대책을 세워야겠어! 속히 임원들에게 모이라고 전해!"

"알겠습니다."

"제기랄……!"

늦어지기 전에 대책을 세워야 했다. 직감적으로 록펠러는 US오일이 사상 최대의 적수가 될 거라는 생각이 들었다. 스탠더드오일 사옥 회의실에 회사 임원들이 모였다. US오일에 맞서기 위한 수단들을 강구하다가 침묵이 감돌

앗다.

"……."

유정을 더 건설하고 생산량을 늘리는 방법도 수단 중 하나로 나왔지만 해결책이 아니었다. 스탠더드오일이 소유한 유전 매장량이 상당했지만 흩어져 있었기에 생산량을 늘리면 그만큼 이득을 보는 시간도 줄어들 수밖에 없었다. 그리고 다시 새로 다른 유정을 세워야 했고, 그만큼 자본을 소모할 수밖에 없었다.

US오일처럼 갤런당 3센트에 등유를 팔기 위해서는 몇 곳의 유전이 합쳐진 만큼 큰 유전을 가지고 있어야 했다. 그리고 스탠더드오일은 그런 유전을 소유하고 있지 않았다. 고민 끝에 한 사람이 록펠러에게 제안했다.

"언론을 이용하는 것이 어떻겠습니까?"

사람들이 주목했다. 록펠러가 눈두덩을 움찔거리면서 물었다.

"언론을 이용한다고?"

"예."

"어떻게 말이오?"

"우리와 친밀한 관계를 유지하는 언론을 통해 US오일에 대한 문제점들을 제기하는 겁니다. '이런저런 이야기가 있더라'하는 식으로 말입니다. 그것이 맞으면 우리에게 호재고 아니면 그만입니다. US오일에 대한 사람들의 관심이 모였을 때 벌이면 효과를 극대화할 수 있습니다."

"……."

"우리가 오를 수 없다면 끌어내리는 것도 전략입니다."

언론을 이용하자는 이야기에 사람들의 귀가 솔깃했다. 그의 이야기를 들은 록펠러는 입을 다문 채 쉽게 그렇게 하자고 말하지 않았다.

고심에 고심을 더하면서 그것이 정말로 최선인지 생각했다. 그러나 대세가 있었다.

"지금 처리하지 않으면 놈들이 우릴 짓밟을 겁니다."

"더 커지기 전에 지금 당장 막아야 합니다. 사장님."

임원들의 의견이 일치되고 있었다. 그러한 분위기에 록펠러가 결단을 내렸다. 그는 숨을 깊게 몰아쉬고 입을 열었다.

"언론을 이용하겠소. 지금부터 US오일은 우리의 적이오."

막대한 자본과 광고를 통해서 그동안 친밀한 관계를 유지해왔던 언론사들의 힘을 빌리려고 했다. 록펠러가 수행원들을 이끌고 워싱턴 D.C와 뉴욕 유수의 언론사를 찾아갔다. 그는 사장들을 만나 힘을 빌려달라고 말했다. 외부인들의 접근을 막은 밀실에서 은밀한 이야기가 오갔다. 그리고 금괴가 담긴 가방이 넘겨지고 있었다.

"요즘 US오일에 대한 사람들의 관심이 많은 것 같던데,

맞소?"

"그렇소."

"지금 상황에서 만약 US오일이 파는 정제유에 불순물이 포함되어 있고, 직원들을 괴롭히고 있다는 식으로 뉴스가 나게 되면 어떻게 되겠소? 분명히 판매 부수도 더 오를 것이라고 생각하오."

"……."

"나는 우리의 협력이 계속 이어지길 바라오."

언론사의 사장은 '윌리엄 랜돌프 허스트'였다. 그는 쿠바에 대한 스페인의 폭징을 고발하면서 미국 국민들에게 스페인에 대한 적대감을 고취시켰다. 그리고 그가 바라는 대로 개전을 통해 신문 판매율을 높이면서 막대한 수익을 올리고 있는 경영자였다.

허스트는 수익을 올릴 수 있는 자극적인 기사를 즐기는 사람이었다. 그런 그에게 록펠러의 제안은 달콤하기 그지없는 제안이었다.

고민하는 척을 하다가 금괴가 담긴 가방을 챙겼다.

"걱정하지 마시오. 우리가 책임질 테니. 다음 정제유 납품 입찰 때는 오직 스탠더드오일만 단독 입찰하게 될거요."

음흉한 미소와 함께 악수를 하면서 협력을 약속했다. 그리고 헤어졌다. '저널 아메리칸'이라 불리는 언론사의 사옥에서 록펠러가 빠져나왔다. 그는 곧 US오일에 대한 부정적인 기사가 쏟아져 나올 것이라 생각했다.

록펠러와 허스트가 만나서 금괴를 주고받고 악수를 하는 모습이 사진 속에 담겼다. 성한이 회의용으로도 사용하는 식탁 위에 그 사진이 올려졌다.

박석천이 성한에게 보고했다.

"록펠러가 허스트를 만나 흑색선전을 부탁했습니다. 과장님이 예상하신 대로 놈들이 언론사의 힘을 빌리기 시작했습니다. 조만간 US오일에 대한 부정적인 기사가 나올 겁니다."

스텔스 망토를 쓴 대원들이 저널 아메리칸사 사옥에서 찍은 사진이었다. 컬러로 찍힌 사진은 얼마든지 흑백으로 처리해 20세기 전후 시대에 맞는 사진으로 만들 수 있었다. 사진을 보며 성한이 미소를 지었다.

"독과점을 위해서 수단과 방법을 가리지 않는군요. 하긴, 후에 록펠러가 가진 재산으로 많은 자선활동을 벌이지만 아직입니다. 그는 악명을 가진 경영자니까요. 군중이 세뇌당하면 없던 호랑이도 생겨나는 법인데, 우리는 진짜 호랑이로 허상 같은 호랑이를 상대할 겁니다. 사진을 편집해서 하퍼 회장에게 보여줍시다."

"예. 과장님."

록펠러와 허스트의 만남이 담긴 사진을 흑백으로 처리하고 다시 성한에게 보여줬다. 성한은 그 사진을 들고 US그룹 본사로 향했다. 그리고 하퍼를 만났다.

회장실에서 하퍼에게 사진을 보여줬다.

"허스트와 만난 록펠러의 사진입니다. 이 외에 뉴욕의 여론을 움직이는 언론사 사장들과 록펠러가 만나는 사진입니다. 조만간 US오일과 그룹에 관한 부정적인 기사가 나올 겁니다."

사진을 보고 하퍼가 떨리는 목소리로 물었다.

"이걸… 어떻게 찍으셨습니까……?"

"비밀입니다. 다만 말씀드릴 수 있는 것은 록펠러가 무슨 일을 벌이는지 손바닥 위를 보는 것처럼 살필 수 있다는 것입니다. 이 사진을 가지고 전쟁부 장관을 찾아가주십시오. 엘저 장관과 매킨리 대통령이 이 문제를 해결해줄 겁니다."

성한의 이야기를 듣고 하퍼가 고개를 끄덕였다. 그가 어떻게 사진을 구한 것인지 알 수 없었다. 그러나 하퍼는 성한을 전적으로 신뢰하면서 그가 말한 대로 엘저를 만나기로 했다.

바로 전쟁부로 가서 엘저에게 사진을 보여줬다. 그리고 놀란 엘저가 사진을 가지고 매킨리를 찾아갔다.

백악관 집무실 책상 위로 록펠러와 만남을 이루는 언론

사 사장들의 사진이 올려졌다.

"이것은 무엇이오?"

매킨리의 물음에 엘저가 대답했다.

"스탠더드오일의 사장인 록펠러입니다. 그리고 허스트와 퓰리처, 워싱턴 D.C와 뉴욕 유수 언론사의 사장들입니다. 스탠더드오일에서 US오일에 대한 공작을 공모하고 있습니다. 조만간 말도 안 되는 부정적인 기사들이 쏟아져 나올 겁니다."

"입찰 경쟁에서 졌다고 이런 식으로 보복하려 들다니, 미쳐도 단단히 미쳤군. US오일이 타격받으면 군에 납품되는 정제유 보급도 꼬일 수 있소. 있는 사실을 밝혀도 나라에 해가 될 수 있는데, 없는 사실로 사람들을 선동한다면 마땅히 법으로 처벌해야 하오. 선을 넘기 전에 자제시켜야겠소. 내가 처리할 테니 장관은 돌아가서 전쟁을 수행하시오."

"알겠습니다. 각하."

사진을 넘겨받고 매킨리가 엘저를 돌려보냈다. 즉시 비서실장을 불러서 명령을 내렸다.

"여기 이 사진들이 보이오?"

"예. 각하."

"이 사진에 나오는 언론사 사장들에게 연락하시오. 록펠러와 밀담을 갖고 US오일을 공격하는 기사를 쓰려는 것을 알고 있으니, 절대 선을 넘지 말라고 경고하시오. 그렇지 않으면 합중국 대통령의 권한으로 징벌할 것이라고 말이오. 아시겠소?"

"예. 각하."

"기사가 나가기 전에 속히 경고를 전하시오."

매킨리의 지시를 받고 비서실장이 밖으로 나갔다. 그리고 집무실이 조용해지자 매킨리가 일어나면서 파이프 담배에 불을 붙였다. 그가 원하는 것은 따로 있었다.

'감히 내 배당금을 건드리려 하다니.'

US그룹의 주식을 가진 모든 주주들의 마음이었다.

저널 아메리칸 사옥으로 백악관의 전화 연결이 이뤄졌다. 허스트의 비서가 그것을 알렸고, 내선으로 한번 더 연결이 되면서 허스트가 양손으로 수화기를 들었다.

귀에 붙인 스피커에서 비서실장의 목소리가 들렸다.

—허스트 사장이오?

"예. 비서실장님."

—혹, 이번에 록펠러 사장을 만나서 US오일을 공격하기 위한 기사를 준비하기로 했소?

"예……?"

—만약 그랬다면 당장 중단하시오. 지금 허스트 사장과 록펠러 사장이 만나서 금괴를 주고받는 사진을 정부에서 갖고 있소. 그리고 대통령께서 알고 계시오. 혹시라도 US

오일에 관해 부정적인 기사를 낸다면, 스페인과 전쟁을 치르는 전시이기에 적국을 이롭게 하는 반역죄로 처벌할 것이오. 정부의 모든 권력을 동원해서 징벌할 것이니, 절대 기사를 내면 안 될 것이오. 아시겠소?

"……."

—대답을 안 하는 것이오?

"아…아닙니다. 절대 그럴 일은 없을 겁니다. 애초에 그런 계획조차 없었습니다. 안심하십시오, 비서실장님.

—절대 정부의 경고를 무시하지 마시오.

"예. 비서실장님."

정부 비서실장의 묵직한 음성이 흘러나왔다. 그리고 허스트는 그저 알겠다고 대답하면서 빠르게 대응했다. 스피커에서 전화가 끊어지는 소리가 울려퍼지자 귀와 입 앞에 붙였던 수화기를 내리고 한숨을 쉬었다.

무슨 내용이 오갔는지 생각할 수 없을 정도로 크게 충격을 받았다. 그리고 기억을 정리했다. 정부 비서실장과 나눴던 전화의 내용을 되짚어보며 예상 밖의 상황이 벌어졌다는 것을 알게 됐다. 그 현실이 믿어지지 않았다.

'록펠러와 만난 것을 알고 있다고? 그걸 어떻게 알고 있는 거지? 그리고 사진은 또 뭐란 말인가? 그때 분명히 밀실이었을 텐데…….'

사진이 있다는 말이 믿기지 않았다. 그러나 비서실장이

한 말은 모두 진실이었고, 대통령이 그 일을 알고 있다는 것 또한 사실인 것 같았다.

절대 백악관의 경고를 무시할 수 없었다.

다시 한숨을 쉬었고 수화기를 들었다. 그리고 스탠더드 오일 본사로 전화를 걸었다.

귀에 붙인 수화기 안에서 록펠러의 목소리가 울려퍼졌다.

―스탠더드오일 사장 록펠러요.

"저널 아메리칸 사장 허스트요."

―갑자기 전화라니, 무슨 일이오? 기사는 잘 준비되고 있소?

"안 그래도 그것 때문에 전화를 걸었소. 정부 비서실에서 연락이 왔소. 우리 계획을 대통령이 아는 듯하오. 만약 US오일에 대한 부정 기사를 내면 전시 반역죄로 처벌하겠다고…….."

―…….

"미안하게 되었소. 받은 금괴는 돌려주겠소. 저번에 나눴던 이야기는 없던 것으로 하겠소."

―이보시오, 허스트 사장!

"미안하오."

수화기 안에서 록펠러의 목소리가 울려퍼졌다. 그의 외침을 뒤로하고 허스트가 전화를 끊었다. 그리고 긴장 속에서 그의 지시를 기다리는 비서에게 말했다.

"받은 금괴를 되돌려주게."

"예. 사장님."

저널 아메리칸 외에 다른 언론사에서도 연락이 왔다. 그리고 하나같이 스탠더드오일을 도울 수 없다고 말했다. 그러한 통보를 받은 록펠러는 마지막 전화를 끊고 허탈함을 느꼈다.

"어떻게 이런 일이……."

파이프 담배에 불을 붙여서 답답한 속을 태우려고 했다. 그러다가 입에 문 담배를 집어던지고 크게 분노를 폭발시켰다.

"빌어먹을! 돈을 받았으면 일처리를 해야지! 있지도 않은 거짓 사진에 겁먹어서 기사를 내지 않겠다고?! 이런 놈들과 그동안 협력하면서 지냈다니! 다시는 이놈들에게 돈을 대지 않을 거다!"

주먹으로 책상을 몇 번이나 내려쳤다. 그렇게 하고 나서도 쉽게 분이 가라앉지 않았다.

신문을 통해 US오일을 견제하려던 계획이 어그러졌다. 그 모습을 록펠러의 비서와 임원들이 걱정스럽게 바라보고 있었다.

그때 다급한 소식이 비서에게 이르렀다.

"뭡니까?"

"뉴욕에서의 급보입니다. 지금 US오일이……."

"……?!"

연락을 담당하는 직원의 보고에 비서가 놀라면서 눈을 크게 키웠다. 그리고 곁의 임원들도 당황한 표정을 지었다.

분개하다가 돌아선 록펠러가 어리둥절했다.

"무슨 일인가?"

가시 돋친 그의 물음에 비서가 대답했다.

"그… 그게……."

"어서 말하게!"

"US오일과 포드모터스가 협약을 맺었다고 합니다."

"뭐라고……?"

"자동차에 쓰이는 엔진오일과 각종 정제유를 US오일에서 공급하기로 했다 합니다. 그리고 포드모터스에서 차가 출고될 시, 첫 연료를 US오일에서……."

"……."

"저희가 생각하지 못한 고객을 US오일이 만들어가고 있습니다……."

"……."

온몸에 힘이 빠져버렸다. 잔뜩 힘이 들어갔던 주먹도 풀리고, 경직됐던 무릎도 풀리게 됐다.

의자에 록펠러가 털썩 주저앉았다.

그의 인생에서 그토록 처참한 패배는 처음이었다.

"어떻게 이런 일이……."

스탠더드오일의 독점이 무너지게 됐다. 그리고 포드 모터스라는 협력사를 얻으면서 US오일은 새로운 고객을 흡수하기 시작했다.

신문 전면은 스페인과의 전쟁 소식으로 가득 차 있었고, 바로 뒷면에는 US오일의 사장인 하퍼와 포드가 악수하는 사진이 걸렸다. 사진 아래에는 두 사람 다 미국의 승리를 원한다는 인터뷰가 적혀 있었다. 그러한 기사가 실린 신문을 성한이 식사를 하기 전에 읽고 있었다.

식탁에는 김세연, 김종민, 박석천 등이 앉아 있었다. 박석천이 성한에게 기사의 내용을 물었다.

"오늘은 어떤 소식이 담겨 있습니까?"

"어제 하퍼 사장과 포드 사장이 악수했던 장면이 기사로 났습니다. 그리고 나머지는 전쟁 관련 기사들이네요."

"미국이 당연히 이기고 있습니까?"

"그렇죠. 일단은 전력 차가 압도적이니까요. 그리고 루즈벨트에 대해서도 기사가 실려 있네요. 러프라이더 연대가 스페인군을 상대로 대승을 거뒀다고 적혀 있어요."

쿠바에 루즈벨트의 민병대가 상륙했다. 그리고 그의 상

륙을 지원한 회사가 바로 대한해운이었다. 스페인 전쟁이 예정대로 개전된 만큼 역사에서 일어나는 일들을 이용하려고 했다.

성한은 루즈벨트의 미래를 알고 있었다.

"큰 변수가 없는 한 루즈벨트는 이번 전쟁으로 큰 명성을 얻게 될 거예요. 비록 흑인을 앞세우고 후방에서 지휘하는 식으로 이긴 것이지만 참전의 공로는 절대 무시할 수 없는 것이죠. 그래서 뉴욕 시장이 될거고……."

"부통령이 되었다가 매킨리가 암살당해서 대통령이 됩니까?"

"그렇죠. 하지만 역사처럼 조선에 혐오감을 가진 대통령이 되진 않을 겁니다. 서재필 선생님과 친분을 유지하고 있으니까요. 조선 사람에 대한 호감이 있어서 미국이 스페인에게서 할양받을 필리핀을 차지하고 일본이 조선을 식민지로 삼는 '가쓰라 태프트 밀약'을 벌이진 않을 거예요. 물론 그런 역사가 이뤄지기도 힘들어졌지만 말이죠. 설령 매킨리가 죽지 않더라도 이미 미 정계는 조선 사람에 대해 우호적인 입장이에요. 공생의 관계니까요. 계속 그런 관계를 유지해야 돼요."

성한의 논리에 사람들이 고개를 끄덕였다. 미국은 거대한 나라였다. 부족하지 않은 자원과 인재를 가진 나라였다. 그런 나라를 움직이는 사람들과 절친해야 했다. 그리고 서재필과 포드와 하퍼, 정욱과 스튜어트 등이 그들과 연을 맺고 있었다.

미국을 움직여서 세상을 변화시키려고 했다.

성한이 다시 한번 더 신문의 내용을 훑었다. 포드와 하퍼의 협력이 스탠더드오일에게 강한 타격을 줄 것이라고 생각했다. 거기에 결정타를 넣으려고 했다.

"US화학 사장님."

"네?"

성한의 물음에 김세연이 움찔했다. 그녀를 상대로 성한이 미소를 지었고, 김세연이 얼굴을 붉히면서 안경을 고쳐 썼다.

성한이 세연에게 그녀가 해야 할 일을 알려줬다.

"플라스틱을 개발합시다. 열에 형태가 잘 변하는 가소성 합성수지부터 경화성 합성수지, 포장지에 쓰이는 폴리에틸렌 수지까지. 하나같이 석유와 관련된 것이니 이제 만들 때가 되었습니다. 그리고 사무용품을 만들 겁니다."

성한이 목에 힘을 줘서 사람들에게 말했다.

"우리가 IBM을 세울 겁니다."

20세기와 21세기를 관통하는 대기업이었다. 그리고 22세기에서도 명맥을 잇는 얼마 되지 않는 전통의 기업 중 하나였다. 그만큼 저력이 있었고, 미래에 대한 혜안이 깊은 기업이었다.

그런 기업을 성한이 소유하거나 먼저 선점하려고 했다.

미국 최대 사무용품 회사의 역사가 바뀌려고 했다. 그리고 스탠더드오일의 미래도 바뀌고 있었다.

1898년 8월이었다. 미국은 스페인을 상대로 전쟁에서 승리했다. 그리고 파리에서 조약을 맺으며 스페인의 식민지였던 괌과 푸에르토리코를 차지했다. 또한 턱 밑에 있던 쿠바의 독립을 약속받았다.

전통의 제국을 상대해 승리하면서 진정한 열강의 반열에 올라섰다. 그리고 조선에 대한해운의 화물선들이 닿았다. 동방에서 새로운 미래가 창조되기 시작했다.

산업의 맥을 잇기 시작하다

"접안을 준비해!"

"예인선을 따라 잠시 정박한다! 기적을 울려라!"

뱃고동 소리가 힘차게 울려퍼졌다. 게양대에 걸린 성조기가 바닷바람에 나부꼈고, 항구의 일장기가 심하게 요동쳤다.

연료 보급을 위해 미 국적 화물선 세척이 요코스카에 정박했다. 항구를 관리하는 사무소장이 즉시 상부로 연락을 취했다.

외무대신이었던 무쓰 무네미쓰가 폐결핵으로 사망했다. 조선에 갔다면 살아남을 수도 있었지만 조선에 대한 반감을 지우지 못한 결과 병세를 이기지 못하고 결국 숨지게 됐다. 그 뒤로 몇 명의 귀족이 외무대신을 거쳐 갔다. 그리고 '사이온지 긴모치'라는 자가 외무대신이 되어 일본의 정치를 책임지는 총리를 만났다.

미 국적 화물선에 대한 이야기를 사이온지가 야마가타에게 말했다.

화물선의 선명이 이상하게 여겨졌다.

"우사, 운사, 풍백이오. 그리고 알아 본 바, 삼국유사라 불리는 조선의 신화 속에서 나오는 신의 이름이오. 그런 선명을 쓰는 화물선 세 척이 조선으로 향하고 있소."

"안에 실려 있는 화물은 어떤 화물이오?"

"페니실린이라 불리는 신약 그리고 건설 자재와 장비로 신고되었소. 선명 외에는 조선과 전혀 관계가 없고 국적이 미국인데다 선원들도 모두 미국인이기에 함부로 수색할 수 없었소. 신고된 것만 믿고 조선으로 보낼 수밖에 없소. 만약 미국 회사가 조선에 자리 잡는 것을 빌미로 조선을 발전시키게 되면……."

"결코 우리에게 좋을 일은 아니지."

"장기적으로는 치명적일 수도 있소. 때문에 지금 상황에서 우리가 할 수 있는 것이 아무 것도 없다는 사실이 안타깝소. 뭔가 수단을 강구해야 할 것이오."

사이온지의 말에 야마가타가 고개를 끄덕였다. 그러면

서 조선의 신화에서 나오는 신들의 이름을 쓴 화물선들의 선명을 주목했다.

그 뒤를 반드시 추적해야 됐다.

"화물선들이 수상하오. 이노우에 공과 논의해서 뒤를 캐시오. 그리고 외교적으로 조선을 압박할 수 있는 방도를 강구하시오. 전쟁이 일어나기 전까지 외무대신에게 맡기겠소."

"알겠소."

눈에 보이지 않는 변수를 찾으려고 했다. 조선의 왕후를 살해하려 했다가 그 일이 실패로 끝나면서 일본이 외교적 궁지에 몰린 것도 미처 파악하지 못했던 변수로 인한 거였다.

세 화물선의 배후에 무엇이 있는지 확인하려고 했다.

이틀 뒤, 요코스카에서 대한해운에 속한 화물선 세척이 출항했고 바닷물을 가르면서 부산포로 향했다. 제물포가 한양에 더 가까웠지만 조수간만의 차가 커서 부산포로 향할 수밖에 없었다.

1만톤이 넘는 큰 화물선이었다. 성조기를 단 화물선 세척이 부산포에 이르자 부산항 주위에 거주하는 백성들이 크게 놀랄 수밖에 없었다.

남녀노소를 가리지 않고 입을 크게 벌렸다.

"야! 엄청 커!"

"저게 기선이야?!"

"이양선이다! 이양선! 양이들이 부산에 왔어!"

현문 다리를 통해 백인들이 내렸다. 일본에 의해 개항되면서 부산엔 대형 화물선을 정박시킬 수 있는 몇 개의 부두가 있었다. 곤봉을 허리춤에 착용한 순사들이 급히 달려와서 부산항에 입항한 입국자들을 확인하기 시작했다.

환갑에 나이가 거의 이른 높은 연배의 통솔자가 직접 입국자들을 검열했다.

"조선 공사관에서 발행하는 입국허가증을 가지고 있소?"

"여기 있습니다."

"선장의 이름은 어떻게 되오?"

"조쉬 유진 로입니다."

"입국한 이유는?"

"운송입니다. 자세한 내용은 조선 공사관에서 써준 문서 안에 쓰여 있습니다. 확인해주십시오."

"흠."

'로' 선장이 조선 공사관에서 써준 문서를 관리에게 넘겨줬다. 그것을 받은 관리는 수염을 씰룩이면서 위조인지 살폈다. 도장과 서명이 진짜인 것을 확인하고 그는 매서운 눈빛을 거뒀다.

그리고 푸근한 미소로 이방인들을 환영했다.

 94

"확인되었소. 선박 검색을 실시하고 무사히 끝나면 입국을 허락하겠소. 조선에 온것을 환영하오."

불과 30년 전만 하더라도 서양인이라면 죽음을 면하기 어려운 나라였다. 때문에 선원들이 긴장했고 관리의 밝은 모습에 안심하게 됐다.

관리의 이름은 '박기종'이었다. 그리고 어떤 젊은이보다 청춘 같은 마음을 소유한 자였다.

큰 배를 보면서 꿈속에 빠졌다.

'미리견의 배가 이리 크구나! 이런 배를 건조하기 위해서는 반드시 엄청난 양의 철이 필요할 거야! 그리고 그 철을 옮기는 것은 철도와 기차다! 조선에 철도를 부설하고 기차가 달리도록 만들어야 해! 그래야 조선이 열강이 될 수 있어! 조선인의 손으로 반드시 해내야 돼!'

강화도에서 일어난 포격 사건으로 조선이 일본과 불평등 조약을 맺은 일이 있었다. 그때 일본은 조선에 우위를 드러내기 위해서 수신사를 보내라고 요구했다. 일본의 상황을 면밀히 파악하기 위해 예조참의 김기수가 수신사가 되어 수행원들을 이끌고 일본을 방문한 적이 있었다. 부산의 박기종이 그때 역관으로 김기수를 수행했다. 그는 일본 상인과의 교류로 닦은 유창한 일본어 실력으로 김기수의 귀가 되고 입이 되었다. 그리고 일본에서 기적을 일으키는 기차를 목격했다.

무수한 화물을 싣고 빠르게 철로 위를 달리는 기차의 진가를 알아본 것이다. 그리고 '그것이 조선을 강국으로 만들 것이라'하고 생각했다. 그때부터 박기종은 철도를 조선에 건설하겠다는 꿈을 꿨다. 그 꿈을 이루기 위해서 인재를 양성하려고 개성학교라는 신식 학교도 설립했다.

박기종은 화물선을 검색하고 안에 실려 있는 화물이 문제없다는 것을 확인했다. 그리고 하역을 허락했다. 화물선에 탑재된 큰 거중기가 화물을 내리기 시작했다.

철근이 내려지는 것을 보고 박기종이 로에게 물었다. 자신의 꿈을 펼치기 위해 반드시 필요한 거였다.

"저 강철들은 다 어디에서 난거요?"

꿈을 이루기 위해서 배운 영어 실력을 발휘했다. 그리고 로가 대답했다.

"시리우스스틸이라는 제철 회사가 있습니다. 그 회사에서 생산한 철근입니다."

"저 철근이 건물을 지을 때 쓰이나보군."

"맞습니다."

"혹시 철도 건설에도 쓸 수 있는 것이오? 녹여서 기차가 달릴 수 있는 철도로도 만들 수 있을 것 같은데?"

"가능은 합니다만 저 철근으로는 다리를 건설하는 것이 더 낫습니다. 철도 부설에 쓰이는 레일은 따로 생산해야 됩니다."

가만히 있으면 아무 것도 얻을 수 없었다. 궁금한 것이 있었기에 곧바로 물었고, 내려지는 자재가 어디에 쓰이는지 정확히 알게 되었다. 그는 화물선들이 자신에게 있어서 중요한 역할이 되어줄 것이라고 생각했다. 즉시 연줄을 만들어보려고 노력했다.

"화물선이 어디에 속해 있는지 알려줄 수 있겠소? 문서를 보고 확인했는데 잊어버렸소."

"대한해운입니다."

"사장의 이름도 알 수 있겠소?"

"데이빗 리입니다. 혹시 저희 사장님께 부탁하실 것이 있습니까?"

눈치 빠른 로가 물었고, 박기종이 어색하게 웃으면서 청했다.

"조선에 부산항 경무소장 박기종이 철도를 건설하고 싶다고 전해주시오. 철도를 건설하기 위해서 막대한 자재가 필요한데 어디서 자재를 구할 수 있는지, 또 얼마나 하는지 알고 싶다고 전해주시오. 혹시 철도와 기차에 대해서 잘 아는 사람이 있다면 그 사람도 소개해주시오. 만약 자재를 운송하게 되면, 꼭 대한해운을 통해서 운송할 것이라고 전해주시오."

"알겠습니다."

"정말 고맙소."

"아닙니다. 혹시 이곳에 다시 오게 되면 그때 대답을 들려드리겠습니다."

선장의 대답에 박기종이 만족하면서 미소를 지었다. 자신의 바람대로 연줄이 제대로 닿아서 조선인의 손으로 조선에 철도를 건설할 수 있기를 원했다.

그렇게 부산항에 대량의 화물이 하역됐다. 전신으로 한양에 보고가 전해졌고, 장성호가 성큼성큼 걸어서 이희를 찾아갔다.

향원정 앞에 이희와 민자영이 거닐며 대화하고 있었다. 두 사람 앞에서 장성호가 목례로 인사했다. 그리고 보고를 전했다.

"보고드립니다. 부산포에 대한해운의 미리견 상선 세척이 도착했습니다. 하역을 마치고 화물을 한양과 전국에 옮기는 중이라 합니다."

환한 미소가 피어올랐고 그의 보고를 들은 두 사람도 환하게 웃었다. 이희가 앞으로 있을 대역사를 기대했다.

"이제 조선을 제대로 건설하는 것인가?"

"예. 전하."

"경강을 건너는 다리를 건설하고 기차와 자동차가 전국을 달리게 되는가?"

"그렇게 될 겁니다. 소규모 다리를 지은 경험을 바탕으로 삼아 미리견에서 온 자재로 철교를 건설할 겁니다. 그리고 전선을 가설할 겁니다."

"그 후에 공장을 건설하고 말이지."

"예. 전하. 이후로도 계속 화물선이 조선에 당도할 것입니다."

"건설이 순조롭도록 대신들과 논의해서 처결하고 과인에게 보고하라."

"어명을 받들겠습니다."

이희에게 보고를 전한 뒤 총리부로 향했다. 장성호와 김인석을 비롯한 천군이 이희를 옹위하기 시작한 이후로 이희의 입가에서 미소가 지워질 줄 몰랐다. 이희가 민자영의 손을 잡고 계속해서 궁궐 안을 걸었다.

"참으로 다행이오. 그렇지 않소?"

"예. 전하."

"후손들이 기적을 일으켰던 것처럼 우리도 일으킬 것이라 믿고 있소."

"네."

조선 민족의 저력을 믿었다.

총리인 박정양과 우부총리인 김인선, 특무대신인 장성호와 농상공부대신인 김가진이 함께 힘쓰고 계획했다. 그리고 기술부장인 박은성이 길을 열었다.

이승훈과 최만희를 비롯한 상인과 지주들이 설립한 건설회사가 미리 길을 넓히고 도로를 정비해놓았다. 때문에 비가 오면 진흙탕이 되는 흙길이었지만 날씨가 맑은 날엔 잘 다져진 길이라서 수레가 잘 지나갈 수 있었다.

농상공부와 미국 건설 회사인 시리우스 건설 회사가 합의한 계획을 따라서 정해진 위치에 건설 자재들을 놓았다. 그리고 고용된 인부들을 소집해서 공사를 벌이기 시작했다.

첫 목표는 조선에서 강철과 시멘트 생산량을 높이고 물산의 이동을 용이하게 하는 것이다. 때문에 큰 제철소를 짓고 더 큰 시멘트 공장을 지으려고 했다. 이전에 건설했던 작은 시설 수준의 공장들은 앞으로 조선에서 대역사를 이루기에 부족했다.

계속 투입되는 건설 자재를 옮겨줄 철도가 필요했다. 그리고 큰 제철소와 시멘트 공장이 완공되면 거기에서 생산되는 강철과 시멘트가 운송될 수 있어야 했다.

총리부에 김인석과 장성호, 박은성 등이 모였다.

빠른 철도 건설을 위해서 박은성이 진지하게 의견을 냈다.

"미국에 맡기면 안 될까요?"

회의실의 사람들이 주목하자 이어서 말했다.

"어차피 유과장이 미국에서 건설 회사들을 소유하고 있지 않습니까? 미국 정부에 요청해서 유과장의 회사가 건설을 담당한다면 우리가 하는 것이나 다를 바 없다고 생각

100

합니다. 단기간에 끝내려면 미국에 맡기는 것이 최선입니다."

회의실 주위를 해병대 대원들이 지키고 있었다. 기술자인 박은성의 말에 장성호가 고개를 가로저으면서 안 된다고 말했다. 시간도 중요했지만 더 중요한 것은 미래였다.

"유과장의 회사이긴 합니다만 엄연히 미국 회사입니다. 미국 정부의 입김이 들어가면 조선에 지어진 철도가 조선 사람 것이 아니라 미국인의 것이 될 수 있습니다. 그래서 애초에……."

"미국으로부터 기술 지원과 건설 자재만 받기로 하고 조선 사람이 건설하기로 결정한 건가요?"

"그렇지요. 그리고 마침 조선에 유과장이 소유한 기업들이 진출하기에 기술 지원에 있어서 관대한 입장이 나온 겁니다. 미국 정치인들의 이익과 관련이 있으니까 말입니다. 절대 미국에 맡기면 안 됩니다. 우리 손으로 하되, 미국의 도움을 받는 식이 되어야 합니다. 절대 넘기지 말아야 할 것이 주권입니다."

장성호의 이야기를 듣고 박은성이 고개를 끄덕였다.

이어서 김인석이 물었다.

"그러면 철도를 책임지고 건설해줄 사람이 있어야 하겠군. 우리가 이 일에만 계속 매달릴 수만 없으니 말이야. 철도를 건설해줄 위인이 있는가?"

박은성이 고개를 끄덕였다.

"한 사람 있습니다."

"누구인가?"

"부산항 경무소장 박기종입니다. 그분께 철도 공사를 맡겨야 합니다."

역사에서 조선인이 건설한 철도에 화차(火車)가 달리는 것이 꿈이라고 언제나 말하던 위인이 있었다. 그 위인에게 나라를 위한 큰일을 맡기려고 했다.

창대한 끝을 꿈꾸며 미약한 시작을 구상하는 중이었다. 부산항 경무소에 출근한 박기종이 잠깐 쉬는 시간을 틈 타 부산항과 하단 주변의 지도를 살피고 있었다. 그리고 붓으로 지도 위에 선을 그었다.

그 선을 보고 매우 만족스런 표정을 지었다.

"그래. 이거야."

선은 조선 최초의 철로를 표시하는 기호였다.

'부산은 일본의 상선이 드나드는 주요 국제항이다. 그리고 하단은 낙동강을 오가는 운선의 종착지와 같아. 두곳을 철도로 이으면 화차로 화물을 빠르게 옮길 수 있어. 상인들에게 매우 편리할 거야.'

물산이 빠르고 편리하게 오가는 것은 국력에 직접적으로 좋은 영향을 발휘할 수밖에 없었다. 그것을 일본에서 보고 깨달았고 조선에도 똑같이 기차가 달리기를 소망했다.

하단과 부산항 사이가 철도를 세우기 적절해 보였다. 지인들을 통해 모금해서 철도를 건설해야겠다는 생각을 했다. 그때 박기종의 소장실에 순사가 들어왔다.

"소장님."

순사의 부름에 고개를 들었을 때였다.

문 앞에 자신과 똑같은 옷을 입은 사람이 있었다. 심지어 그는 계급마저도 같았다.

어리둥절해하는 박기종이 순사에게 물었다.

"그자는 누구인가?"

"그… 그게……."

순사가 제대로 답하지 못하자 안으로 들어온 이가 박기종에게 목례했다.

"새로 부임한 소장입니다."

"뭐?"

"조정에서 임명하여 부산항 경무소에 부임했습니다. 여기 임명장을 가지고 왔습니다."

새로 부임한 소장이 황당히 여기는 박기종에게 임명장을 보여줬다. 그것을 넘겨받은 박기종이 임명장을 보고 새 소장의 얼굴을 봤다. 그리고 다시 임명장을 살폈다.

믿을 수 없는 시선으로 새 소장을 쳐다봤다.

"새로 부임했다고……?"

"그렇습니다."

"그럴 리가…? 그러면 나는 어찌되는 것인가?"

목소리를 떨면서 묻는 박기종의 물음에 새 소장이 대답해줬다.

"대기발령 되셨습니다."

"대기발령……?"

"전하께서 소장님을 보겠다고 하셨습니다."

예고 없는 발령이었다. 그리고 그것은 박기종에게 큰 충격을 줬다.

집에 일찍 돌아가 소장직을 그만두고 한양에서 부름이 있었다는 사실을 부인에게 설명했다. 그리고 한동안 집을 비울 수도 있는 사실을 알려줬다.

다음 날, 한양으로 가기 위해 집에서 출발했을 때였다. 부인의 배웅을 받으며 하단으로 가는 길을 걸을 때 참을 수 없는 실망감이 그의 마음을 어지럽혔다.

'소장을 맡고 있어야 철도 건설을 할 수 있는데…….'

로 선장에게 부탁했던 일이 생각났다. 그리고 지도 위에 그었던 선을 생각하면서 자신이 걷는 길 위로 철도가 부설되는 것을 상상했다.

화차가 증기를 뿜어대면서 사람과 화물을 싣고 달리는 모습을 상상했다.

그 모든 것이 부질없게 느껴졌다.

하단에서 운선을 타고 낙동강을 거슬러 올라간 뒤, 안동에서 문경으로 향해 세재를 넘고 충주로 향했다. 그리고 한양에 도착해 숙소에서 관복으로 갈아입고 입궐했다.

왕이 자신을 만나겠다고 하니 어쩌면 승차될 수도 있다는 생각을 했다. 그러나 그다지 승차되고 싶지 않았다. 그대로 부산에 남아 철도 건설이라는 꿈에 매진하고 싶었다.

왕을 만나도 그렇게 기쁘지 않았다. 일생에 몇 번 알현하기도 힘든 왕을 무덤덤한 마음으로 마주보게 되었다. 박기종은 무표정한 얼굴을 한 채 엎드려 절하고 목례했다. 그런 박기종에게 이희는 환하게 웃으면서 말했다.

"경에게 맡길 일은 우부총리와 특무대신이 알려줄 것이다. 두 사람으로부터 들으라."

협길당에 김인석과 장성호가 함께 있었다. 두 사람을 상대로 박기종이 인사했고, 이내 총리부로 향해 이희가 말한 일에 대해서 듣기 시작했다.

박기종은 차 한잔을 마시고 김인석과 장성호로부터 이야기를 들었다. 이야기를 모두 들은 박기종은 자신의 귀를 의심했다.

"조선철도공사의 사장이 되어달라고요……?"

떨리는 목소리로 묻자 김인석이 미소 띤 얼굴로 대답했다.

"그렇소. 평소에 박소장이 철도 건설에 관심이 많았던 것으로 알고 있소. 조선에 철도를 부설하기 위해 조선철도

공사라는 국립회사를 설립할 거요. 그 회사의 사장이 되어 주시기 바라오."

"……."

"혹, 마음에 들지 않는 것이오?"

명한 모습을 보이는 박기종에게 다시 물었다. 김인석의 물음에 정신을 차린 장성호가 고개를 가로저었다.

"아닙니다. 전혀 생각지 못한 일이라서 그렇습니다. 제 평생의 꿈이 조선에 화차가 달릴 수 있는 철도를 부설하는 것입니다. 지금 들은 이야기가 정말로 믿어지지 않습니다."

눈이 붉게 충혈되었다. 그만큼 감격하며 일평생의 꿈이라고 말했다. 박기종은 손을 떨면서 밀려드는 감동을 이겨내지 못했다.

이어서 장성호가 조선철도공사가 어떻게 운영될지에 대해서 알려줬다.

"건설 자금은 나라 세금과 전하께서 내어주시는 내탕금으로 건설될 겁니다. 모쪼록 소중한 자금으로 철도를 잘 건설해주시기 바랍니다."

이희가 힘써주는 사업이라는 말에 박기종은 한번 더 감동받았다. 그는 즉시 의자에서 일어나 경복궁을 향해 엎드려 절하며 얼굴을 눈물로 적셨다. 엉엉 울면서 이희에게 감사의 뜻을 전했다.

"성은이 망극하옵니다! 전하!"

그리고 마음을 진정시키는 데에 다소 시간이 걸렸다. 천으로 얼굴을 닦고 진정되지 않던 가슴을 겨우 가라앉혔다.

시간이 조금 흐른 후에 철도 공사에 대한 이야기를 나눌 수 있게 됐다. 장성호가 박기종의 상태를 마지막으로 확인했다.

"이제 괜찮으십니까?"

"예. 괜찮습니다……."

"그러면 철도 공사에 대해서 조금 논의하겠습니다. 그렇게 해도 되겠습니까?"

"예. 특무대신."

진정된 것을 확인하고 큰 그림을 그리려고 했다. 김인석과 장성호는 박기종이 어떠한 인물인지 알고 있었다. 그리고 그가 역사와 마찬가지로 생각하고 있는지 알아야 했다.

조선 전도를 펼쳐놓고 장성호가 박기종에게 물었다.

"부산에서 철도 건설에 대해서 많은 생각을 하셨던 것으로 압니다. 그래서 순사들 앞에서도 수시로 지도를 펼치고 철도 건설에 대한 꿈을 계획했겠죠. 그 이야기가 한양에도 전해졌습니다. 그래서 박소장이 어떤 노선을 계획했는지 알고 싶습니다. 혹, 알려주실 수 있겠습니까?"

어떻게 보면 근무태만이었다. 그러나 거기에 대한 책임을 묻지 않고 자신을 제대로 써주는 왕이 고마웠다. 박기종이 부산을 짚고 옆의 낙동강을 검지로 그으면서 말했다.

"제가 생각했던 철도 노선입니다. 부산항은 일본과 교역하는 국제항이고 15리 거리에 떨어진 하단은 낙동강의 모든 물산이 모이고 뻗어나가는 곳입니다. 이 두곳을 이으면 하단에서 하선된 사람과 화물이 쉽게 부산항으로 향할 수 있습니다."

박기종의 노선 설명을 듣고 장성호가 미소를 보였다. 그리고 박기종이 가진 맹점을 알려줬다.

"하단에 모이는 물산이 낙동강을 통해서 모이는 물산이지요? 그렇다면 만약 이렇게 철도가 건설되면 어떻게 되겠습니까?"

"……?!"

"부산과 밀양 그리고 대구와 안동, 밀양에서 진주로 철도를 이으면 하단에서 화물이 내려질 이유가 없을 겁니다. 종착지는 부산으로 귀결될 테니까요. 이에 대해서는 어떻게 생각하십니까?"

장성호의 의견에 박기종이 놀라워했다. 한동안 지도를 내려다보면서 자신의 생각과 장성호의 의견을 비교했다. 그리고 그 말이 옳다고 생각했다.

"제 생각이 짧았습니다. 특무대신의 말씀이 옳습니다. 부산과 하단을 잇는 철도를 포기해야 할 것 같습니다……."

"그리고 새로 시작해야지요. 오직 기차가 달리는 것을 보겠다는 개인적인 욕심이 아니라 정말로 백성들을 위하고 국익을 챙길 수 있는 철도 건설이 되어야 합니다. 그래서 따로 지도를 하나 준비했습니다. 지도를 보고 이야기해 보도록 합시다."

새로 탁자 위에 지도가 펼쳐졌다. 낙심했던 박기종이 새 지도를 보고 눈을 동그랗게 떴다.

지도 위에 여러 기호가 표시되어 있었다.

"이것은… 무엇입니까…? 특무대신?"

장성호 대신 김인석이 대답했다.

"조선의 자원을 표시하는 지도요."

"예?"

"그리고 앞으로 계획하고 있는 공장의 위치, 어떤 계획으로 고을을 발전시킬 것인지에 대해서도 쓰여 있소. 이 지도를 참고하여 새로운 철도 노선을 기획해보시오. 박소장의 이야기를 듣고 조율하겠소."

김인석의 이야기를 듣고 박기종이 고개를 끄덕였다. 박기종은 종이 한장을 가져와 철도가 지나갈 고을을 쓸 준비를 했다. 그리고 장성호로부터 지도에 표시된 기호가 무엇을 뜻하는지를 설명 받았다. 그가 천천히 검지로 지도를 짚었다. 백지 위에 철도가 지나가는 고을의 지명을 쓰고 몇 개의 노선을 구상했다.

노선을 정리하고 두 사람에게 이야기했다.

"한양은 조선의 도성입니다. 그리고 제물포는 한양에서 가장 가까운 항구입니다. 제물포와 한양을 잇는 철도를 부설하고 영등포 부근에서 목포와 부산으로 향하는 철도가 시작되어야 합니다. 한밭에서 두 노선이 갈라지고 공장들이 세워질 대구와 곡창 지대인 전주, 나주로 철도가 뻗어야 합니다. 한양 동쪽에서 시작해 다시 남쪽으로 향하는 노선은 충주와 문경, 안동을 지나 대구에 이르러야 합니다. 여기서 각종 광석이 묻혀 있는 태백, 영월로 노선을 이어야 하고, 자동차 공장이 세워질 울산과 공장이 세워질 연일이 이어져야 합니다. 목포와 진주, 부산을 이어서 삼한의 물산이 고루 퍼지게 만들고 진주와 전주를 잇는 철도도 부설해야 됩니다."

박기종이 숨을 한번 고르고는 다시 설명을 이었다.

"북쪽으로는 제철소가 세워질 해주와 철광산이 있는 재령, 평양, 의주를 이어서 청나라로 뻗어갈 수 있도록 만들어야 합니다. 그리고 한양과 원산을 잇고, 원산에서 함흥, 청진, 무산에 이르는 노선으로 철도를 부설해야 됩니다. 그래야 함경도의 광산으로 조선이 개화될 수 있습니다. 그리고 부산에서 동해안을 따라 원산까지, 청진에서 아라사로 철로를 이어 조선을 대륙의 끝으로 만들어야 합니다. 그러면 세상의 모든 물산이 조선에 모일 겁니다. 이것이

110

제가 생각하는 새로운 노선입니다."

박기종이 새로 짠 노선을 보면서 김인석과 장성호가 미소를 지었다. 절대로 박기종이 생각이 짧아서 부산과 하단을 잇는 철도 노선을 구상한 것이 아니라고 생각했다.

자본의 한계 탓에 그것이 최선이라 여긴 거라 생각했다. 나라에서 지원이 더해지자 박기종의 생각이 자유로워졌고, 진정으로 백성을 위하고 국익을 위한 노선이 계획되었다. 그 의견을 듣고 장성호가 역사로 공부한 박기종을 머릿속에서 떠올렸다.

'본래 경의선 경원선, 경부선도 이분이 계획하셨던 것이지. 자본이 없어서 결국 미국과 일본에 넘어가고 나중에는 식민 지배를 위해서 쓰였지만 말이야. 처음의 계획은 조선에서 세운 계획이었어.'

웃으면서 박기종에게 장성호가 말했다.

"세부적인 것만 조율합시다. 박소장이 구상한 노선대로 철도를 부설하면 될 것 같습니다. 농상공부와 협의하고 조선의 건설 회사와 협의해서 실행에 옮기십시오. 특히, 서울과 부산, 전주 나주와 대전을 잇는 도로, 의주를 잇는 도로를 정비한 조선인 사장들과 긴밀한 관계를 갖고 철도를 부설하십시오. 미리견의 시리우스 건설회사의 지도가 있으면 충분히 조선인의 힘으로 철도를 건설할 수 있습니다."

"예! 특무대신!"

환갑을 앞둔 박기종이 어린아이 같이 환하게 웃었다. 장성호가 직접 박기종에게 임명장을 넘겨줬다.

"이제부터 조선철도공사의 사장입니다. 축하드립니다. 박사장. 조선 사람이 가진 원대한 꿈을 이뤄주시기 바랍니다."

"예!"

첩지를 받고 함박 미소를 지었다. 박기종이 집에 갔다가 다시 한양으로 돌아오는 사이, 장성호는 박기종이 일할 회사 건물을 준비하겠다고 말했다.

첩지를 들고 총리부에서 나왔을 때였다.

함성 같은 웃음소리가 총리부 관아 앞에서 크게 울려퍼졌다.

"크하하하하!"

크나큰 열망이 가슴에서 일어났다.

'조선인의 손으로 철도를 건설하다니! 드디어 개화를 이룰 수 있겠구나! 이제 조선도 남부럽지 않은 열강이다! 화차가 조선 팔도를 누비는 거야! 성은이 망극하옵니다, 전하!'

대궐을 향해서 경건하게 절을 하고 바쁘게 부산포로 향했다. 그리고 집에 가서 자신이 조선철도공사의 사장이 된 사실을 부인에게 알렸다. 그의 부인은 눈물을 흘리며 지아비의 꿈이 이뤄진다는 사실에 감격했다.

　박기종은 한양으로 상경했다. 부산에서 한양으로 집을 옮긴 박기종은 김인석과 장성호를 만나 조선을 중심으로 펼쳐지는 세계정세에 관해서 이야기를 들었다. 그리고 어째서 대규모 철도 건설이 가능한지 알게 됐다.

　남대문 밖 남산 서쪽 저택이 조선철도공사에 의해 매입됐고 그 사옥이 됐다. 사장이 된 박기종은 이름 있는 건설회사의 사장들을 불렀다. 그중 한 사람이 이승훈이었다. 머리카락을 깎고 양복을 입은 박기종과 이승훈이 악수했다.

　"처음 뵙겠소. 조선철도공사 사장 박기종이오."

　"남강상사 사장 이승훈입니다. 박사장님을 뵙게 되어서 영광입니다. 이런 자리에 제가 참석해도 되는지 모르겠습니다."

　겸양의 자세로 이승훈이 몸을 낮췄고, 박기종은 그가 당연히 참석해야 된다고 말했다. 이승훈은 조선에서 명성이 자자한 거상이었다. 그리고 다른 상인과도 인사를 나눴다. 조선옷을 입은 사장을 상대로 박기종이 먼저 목례했다. 그와 마주한 사람은 모든 사람이 존경해 마지않는 사람이었다.

　경주의 대지주였다가 상사를 세운 인물이었다.

　"서라벌상사 사장 최만희입니다."

"고명에 대한 명성을 들었습니다."

"남들은 나를 두고 솔선수범하는 인물이라 말하지만 당연히 해야 할 일을 했을 뿐입니다. 그러니 그렇게 존대하지 마십시오."

"아닙니다. 마땅히 그렇게 해야 됩니다. 그래야 백성들이 본받을 것입니다."

빈민을 구제한 명성으로 극찬을 받자 최만희는 부끄러워했고 그를 만난 박기종이 영예를 느꼈다. 그리고 그와 함께 일할 수 있다는 사실이 몹시 기뻤다.

이승훈과 최만희 외에 여러 상사의 사장을 만났고, 그들이 세운 건설 회사와 함께 큰 사업을 벌이고자 했다.

원탁이 놓인 회의실에 사장들이 앉았다. 박기종이 조선철도공사에서 구상하는 노선을 사장들에게 설명했다.

한 시간이 지나서였다. 이승훈과 최만희를 비롯한 사장들은 조정에서 세운 원대한 계획에 놀랐다. 망치를 얻어맞은 것 같은 느낌을 받았다.

철도를 부설한다는 이야기를 미리 들었지만 그토록 대규모 공사를 벌일 것이라고 생각하지 않았다.

선포하듯이 의지를 담아 박기종이 말했다.

"이 노선대로 철도를 부설할 거요. 복선 건설을 목표로 부지를 먼저 확보하고, 우선적으로 단선을 개통한 뒤 복선으로 확장시킬 것이오. 이 모든 것을 조선인의 능력으로

114

건설할 거요."

다시 사장들이 술렁였다. 그중에 최만희가 손을 들어 보이면서 발언의 뜻을 밝혔다. 박기종이 발언을 허락하자 조심스럽게 입을 열었다.

"제가 보기에 이것은 참으로 대역사입니다. 그중 경강과 대동강을 건너는 다리를 건설하는 것은 저희들이 해본 적 없는 난제 중 난제입니다. 기술은 어디서 배우며, 조선에서 자재를 댈 수 있을지 의문입니다."

그 질문에 박기종이 자신 있게 말했다.

"기술에 관해서는 미리견 회사에서 도와줄 것입니다."

"미리견이라고요?"

"그렇습니다. 미리견에서 만병을 통치하는 신약이 개발됐는데, 그 신약의 효험이 워낙 탁월해서 많은 사람들이 구한다고 합니다. 심지어 전시 장교와 병사들에게도 쓰인다 하더군요. 그 약을 만드는 공장을 조선에 짓는다고 합니다. 그 외에 미리견의 많은 회사가 조선에 공장을 지으려는 계획을 세웠는데, 조선인을 직원으로 고용하고 거둬들인 이득 중 일부를 미국에 가져가고자 합니다. 그러나 우리나라에 정당하게 납세하겠다는 뜻을 밝혔습니다. 이것은 확실하게 국익이지요. 그리고 조선 회사들의 힘을 빌려야 사업을 진행할 수 있기 때문에 어느 정도의 사업 경험과 기술을 이전하겠다고 뜻을 밝혔습니다. 이러한 이유로 미리견 회사들, 정확히는 미리견의 위정자들도 우리 땅에 철도가 건설되는 것을 원하고 있습니다. 이 기회를 우리가 살려야 됩니다."

"세상에……!"

미국이 도와줄 것임을 알려줬다. 마치 조선을 중심으로 세상이 돌아가고 있다는 생각이 들면서 박기종의 이야기를 듣던 최만희와 사장들이 등골을 찌릿하게 만드는 전율을 느꼈다. 그 느낌을 박기종도 김인석과 장성호로부터 이야기를 들으면서 느꼈다.

미국의 지원뿐 아니라 왕의 지원도 있을 것임을 알렸다.

"미리견 회사가 파는 건설 자재를 수입하고, 조선에 제철소와 석회분말공장을 키워서 자재 생산량을 늘릴 겁니다. 이 모든 것은 전하의 내탕금으로 지불되는 것입니다. 그러니 공사가 제대로 될지 근심치 마시고, 그저 최선을 다해주십시오. 그리고 역사를 만드는 겁니다. 나라와 백성을 위해 대업을 이루는 겁니다. 개화와 열강으로 향하는 맥을 열어봅시다."

왕의 솔선에 모인 사장들이 탄성을 터트렸다.

'전하!'

감격한 최만희가 일어나서 제일 먼저 경복궁을 향해 절을 했다. 이어서 이승훈과 다른 사장들도 엎드리며 절했다.

눈물을 흘리며 이희에 대한 감사의 뜻을 전했다.

그것은 상인이 아닌 한 백성으로서의 마음이었다.

"성은이 망극하옵니다! 전하!"

"전력을 다해 조선을 건설하겠습니다!"

그리고 함께 일어나서 의기를 높였다.

"어디, 해봅시다!"

"오오!"

함성을 일으키면서 경험하지 못한 신세계에 대한 두려움을 지웠다. 각 건설 회사 사장들에게 공구가 맡겨지고 보름 뒤 착공식을 벌이기로 했다.

조선에 철도 건설이 시작되었다는 소식이 신문 기사로 담기게 됐다. 신문을 펼친 백성들이 그 기사를 읽고 있었다. '언문'이라 불리는 훈민정음을 잘 모르는 백성들은 글을 아는 백성들에게 물으며 나라의 새 소식을 알아가고 있었다.

"뭐라고 쓰여 있는 거야?"

"조선에 철도를 부설한다는구먼."

"철도?"

"땅 위에 강철 길을 놓아서 그 위로 수레가 달리는 거라고 하는데 여기 그림으로 그려져 있어. 굴뚝에서 뿜어져 나오는 연기로 수레가 움직이나봐. 그 연기가 끓인 물이라고 해."

"끓인 물로 수레를 움직이다니 대체 어떻게 움직이는 거지? 혹시 쓰여 있어?"

"쓰여 있긴 한데 무슨 뜻인지 모르겠어. 그런데 엄청 빠르고 힘이 좋은가봐. 하루 만에 한양에서 의주나 부산에 이를 수 있다고 해. 그것도 수백명의 사람을 태울 수 있다고 해."

백명이 넘는 사람을 태우고 심지어 화물까지 싣고 움직인다는 말에 사람들이 관심을 보였다. 화차, 혹은 철마, 기차로 쓰이는 열차를 두고 백성들은 그것이 서양의 신문물이라는 것을 알게 됐고 개화를 이루는 데에 반드시 필요하다는 것을 깨닫게 됐다. 특히 상인들을 위해서 특별히 신문에 열차의 쓰임새를 알려줬다.

그것은 먼 고을에 가서 벌일 수 있는 장사에 관한 것이다.

걸어서는 절대 다른 고을의 토산물을 먹기가 쉽지 않았다.

[열차란 무엇인가? 바로 사람과 화물을 싣고 빨리 움직이는 신문물이자 이동 수단이다. 때문에 조선에 철도가 완공 되면 앞으로 한양에 거주하는 백성이 의주와 원산, 부산을 방문할 수 있고 그곳에서만 먹을 수 있는 음식을 먹을 수 있다. 또한 물건을 살 수 있다.

반대로 세 고을의 상인이 한양에 와서 장사를 벌일 수 있으니, 열차는 앞으로 조선의 상업을 융성하게 만들어 줄 수 있는 이로운 수단이다.

고을에 세워진 공장에서 만들어진 물건이 조선 전역에서 팔릴 수 있다.]

신문에 쓰인 사설(社說)을 읽고 백성들이 감탄했다. 특히 장사를 하는 상인과 공장을 차리길 원하는 백성들에게 철도 부설은 큰 흥미를 끄는 소식이었다.

그것을 통해 조선 전역에서 물건을 파는 것을 상상했다.

'하루 만에 의주와 부산을 간다고?'

'많은 물건을 싣고 갈 수 있다면, 그만큼 큰 이문을 낼 수 있어! 빨리 철도가 부설돼서 거상이 될 수 있었으면 좋겠구나!'

'백성들이 집에서 쓰기 편한 물건을 만들어서 전국에 대량으로 팔 수 있겠어!'

생각은 있지만 고을 안에서만 물건을 팔고 나면 더 이상 팔 곳이 없어서 장사에 흥미를 가지지 못한 사람들도 있었다. 그러나 철도 부설에 관한 소식을 듣고 전국에 물건을 팔아서 큰 이익을 거두는 꿈을 꾸기 시작했다.

창업의 바람이 불고 있었다.

조선이라 불리는 선단이 순풍을 타고 대해를 질주하려고

했다.

철도 부설에 관한 소식이 백성들에게 알려진지 보름이 지났을 때였다. 군중을 이룬 백성들이 조선철도공사 사옥 앞으로 모여 단상을 우러러봤다.

높은 단상에 햇빛을 가리는 천막이 있었다. 그 아래에 관복을 입은 대신들이 점잖은 자세로 앉아서 백성을 쳐다봤다.

그러다가 자리에서 일어났다. 그들은 목례를 하면서 단상에 오르는 사람에게 인사했다.

백성들의 눈이 휘둥그레졌다.

"누구셔……?"

"전하다! 주상 전하께서 단상에 오르셨어!"

"전하께서 오셨다!"

"오오……!"

이희를 보고 백성들이 술렁였다. 그리고 그것은 대신들도 전혀 예상하지 못한 일이었다.

미천한 백성들 앞으로 왕이 직접 나오는 것만큼 어려운 일도 없었다. 자신감에 차지 않고서는 쉽게 벌일 수 없는 일이었다.

분노한 백성에게 왕이 큰일을 당할 수도 있었다.

때문에 근심하며 이희의 옥체를 걱정하는 신하들이 있었다.

"전하. 어찌하시어 이리 누추한 곳에 오셨습니까?"

"군중이 많아 저 중에 전하를 해할 무리가 있지 않을지 걱정입니다."

"일본이 중전마마를 다시 노리지 않을까 걱정입니다."

민자영 또한 이희와 함께 단상 위에 올랐다. 걱정하는 신하들에게 이희가 당당히 말하며 그들을 안심시켰다.

"백성들은 과인의 편이고, 과인은 백성들을 지킬 것이다. 그리고 일본이 다시 중전을 노리게 된다면 천인공노할 짓을 만국 앞에서 저지르는 것이다. 저기 공사관에서 나온 관원들이 있지 않느냐. 그러니 경들은 걱정하지 말라. 과인은 백성과 이 경사를 함께 누릴 것이다."

이희의 용기에 박정양을 비롯한 신하들이 허리를 굽히면서 경의를 표했다. 그리고 김인석과 장성호가 이희와 눈이 마주쳤다. 두 사람이 착공식에 이희가 방문하게끔 이끈 거였다.

단상 위에서 이희가 앞으로 나서자 백성들의 환호가 이내 함성이 됐다.

"주상 전하! 만세! 만세! 만세!"

"와아아아아~!"

만세 삼창으로 조선이 어떤 나라도 권리를 침해할 수 없는 독립국이라는 사실을 알렸다. 그 함성을 듣고 이희가 환하게 웃었다. 그리고 궁내부 관리가 넘겨주는 첩지를 받아서 펼쳤다. 첩지 안에는 백성들을 상대로 할 연설의 내용이 쓰여 있었다. 이제 조선도 열강에 뒤지지 않을 나라가 될 것이라는 내용이었다. 그 내용을 보고 마음이 움직였다. 만국 공사관의 관원들이 보는 곳에서 더 이상 그들을 눈치 보려고 하지 않았다.

첩지를 덮고 백성들에게 크게 외쳤다.

"이제 조선에 철도가 부설된다! 제물포와 한성을 잇는 것을 시작으로 부산포와 목포, 의주와 원산, 청진에 철도가 놓일 것이다. 비록 늦었지만 앞으로 몇 년 안에 만민은 기차를 타고 조선 팔도를 유람할 수 있다! 또한 상인은 조선 팔도에 물건을 팔 것이며 공장주도 그러할 것이다! 한 고을에 부족한 것이 있다면 다른 고을에서 그 부족함을 메울 것이다! 그것을 통해 만민은 서로를 채워 나가며 하나가 될 것이다!"

"와아아아아~!"

함성이 일어나면서 이희의 연설에 백성들이 열광했다.

열차의 쓰임을 전하면서 백성들에게 새로운 꿈을 선사했다. 그리고 귀빈석에 앉아 있는 타국의 공관원들을 봤다. 조선을 우습게 여기는 자들에게 조선이 얼마나 특별한 나라인지 각인시키려고 했다.

세상의 끝과 시작을 알리려고 했다.

"만국이 철도를 연결하면 결국 세상은 하나로 이어지게

된다! 그 끝에 조선이 있으며, 그 시작점에도 또한 조선이 있다! 의주로 향하는 철도는 청국과 연결될 것이고, 청진 함경도로 향하는 철도는 아라사로 이어져서 서양과 통하게 될 것이다! 이로 인해 조선에 만물이 모일 것이며, 조선에서 만들어지는 것이 세상으로 뻗어나갈 것이다! 만민은 이를 알고 상공업 육성에 힘쓰기 바란다! 우리가 힘써서 우리 후손들에게 번영을 가져다 줄 것이다!"

연설이 끝나자 김인석과 장성호가 팔을 번쩍 올렸다.

"주상 전하! 만세!"

"만세! 만세! 만세!"

"와아아아~!"

찬란한 내일을 소망하는 함성이 일어났다. 폭죽이 터지고 종이꽃이 흩날리면서 철도 착공 선포가 완전히 이뤄졌다. 사람들은 하나같이 몇 년 안에 다가올 미래를 기대했다.

'하루 만에 의주에 갈 수 있다니!'

'빨리 철도가 완공되었으면 좋겠어!'

'그렇게나 멋진 바다를 내 눈으로 보고 싶어!'

평생동안 태어난 고을에서 100리 밖으로 나가지 못한 사람들도 허다했다. 한양에 살아 바다가 어떻게 생겼는지 모르는 부녀자와 노인들도 있었다. 그들은 기차를 타고 바다를 볼 수 있기를 원했다.

착공식에 참석한 각국의 공관원들은 이희의 연설을 곱씹으면서 철도 공사의 결과를 가늠했다.

그들은 여전히 조선인의 역량을 의심하고 있었다.

'조선인이 직접 철도를 부설한다고?'

'아무리 미국 회사의 지원이 있다지만 그게 쉬울까?'

'결국에 돈이 없어서 공사를 중단하게 될거야.'

이희가 가진 내탕금의 규모가 얼마인지 몰랐다. 그리고 조선에서 만들어지는 것 중에 세상에 팔릴 만한 것이 별로 없다고 생각했다.

비록 일본을 상대로 외교전에서 이겼지만 그 외에 믿을 만한 것은 없다고 생각했다. 그런 부정적인 시선과 백성들의 환호성을 뒤로하고 이희가 돌아섰다. 그의 앞에서 박기종과 공사를 책임지는 사장들이 이희에게 목례하며 인사를 했다.

이희가 박기종에게 물었다.

"혹, 이자가 서라벌상사의 최만희 사장인가?"

"예. 전하."

"드디어 만나게 됐군! 과인이 참으로 보고 싶었던 자다. 경주에서 최사장이 빈민을 구제했다는 이야기를 들었다. 과인이 최사장에게 마땅히 경의를 표하는 바다."

이희의 치하에 최만희가 몸을 앞으로 기울였다.

"부끄럽습니다. 마땅히 해야 하는 일을 했을 뿐인데 이리 소인을 극찬하셔서 몸 둘 바를 모르겠습니다."

"마땅한 일이지만 마땅히 칭찬을 받을 일이다. 최사장이 이 나라의 좋은 본이 될 수 있도록 과인이 직접 대신들과 논의해 조치를 준비하겠다. 그때까지 기다려 달라."

"성은이 망극하옵니다. 전하."

포상의 뜻에 최만희가 감사하다는 말을 전했다. 이희는 그의 어깨를 두드리면서 격려했다. 그리고 이승훈과 만남을 이뤘다.

"이승훈 사장인가?"

"예. 전하. 남강상사의 이승훈입니다."

"조선의 최고의 실업가라지?"

"최고인지는 모르겠습니다만 최고가 되도록 노력하겠습니다. 특히 서라벌상사의 최사장을 본받아 나라와 백성에 공익을 줄 수 있는 상인이 되겠습니다. 전하."

"최사장을 본받겠다고 하니 과인이 더 말할게 없군. 그저 나라를 위하고 백성을 위하고, 회사의 이문을 챙기면서도 회사에서 일하는 직원들을 위해 달라. 최사장과 이사장이 이 나라를 만들어갈 것이다."

"명심, 또 명심하겠습니다. 전하."

이승훈도 이희의 격려를 받았다. 그와 함께 다른 건설 회사의 사장들도 왕으로부터 격려 받으며 성실 시공으로 철도 공사를 잘 마무리 짓겠다는 다짐을 했다.

모든 것이 준비되었다.

장성호가 손에 딱 맞게 쥐어지는 막대를 이희에게 넘겨줬다. 이희가 막대의 정체를 장성호에게 물었다.

"이것이 무엇인가?"

박기종이 대신 대답했다.

"격발기입니다. 격발기 끝의 단추를 엄지로 누르시면 공사장에 심어진 폭약이 터질 것입니다. 공사의 시작을 알리는 마지막 의식입니다."

설명을 듣고 이희가 고개를 끄덕였다. 그리고 단상 측편에 보이는 역사 부지로 시선을 돌렸다. 그곳을 한동안 바라보다가 단추 끝에 오른손 엄지를 맞췄다.

왕이 신하와 백성들에게 어명을 내렸다.

"공사를 시작하라!"

폭약 발파가 이뤄지면서 개화가 꽃피기 시작했다.

착공식이 끝나면서 본격적으로 철도 건설이 이뤄졌다. 재령에서 채광된 철광석이 해주제철소에서 제련되면서 철근으로 변했다. 생산된 철근 중 반 이상이 철도 부설 공구로 보내졌고, 그중 난공사로 예상되는 교량 건설에 투입됐다.

'경강(京江)'이라 불리는 한강을 건너기 위해 철교 건설이 이뤄져야 했다. 그리고 그 철교는 한강의 수위가 달라져도 그대로의 형태를 유지해야 했다. 절대 부교처럼 움직여서는 안 됐다.

경강 복판에 부교를 깔고, 그 옆으로 철교의 기둥이 세워지는 곳에 모래를 부었다. 강 위로 몇 개의 작은 섬들이 만들어지자 그 안으로 인부들이 들어가 삽으로 섬 중앙의 땅을 파냈다. 그리고 강바닥의 암반을 노출시켰다. 암반이 드러나자 더 이상 땅을 파지 않고 미국에서 들여온 장비로 철근을 심을 준비를 했다.

다리의 바닥이 암반에 고정되어 있어야 했다. 그래야 지진이 일어나도 쉽게 흔들리지 않을 수 있었다.

장성호가 박기종과 함께 건설회사 사장들과 공사장을 시찰했다. 무겁지만 두부 보호를 위해 철모를 쓴 인부들을 보면서 장성호가 만족감을 내비쳤다.

"안전모를 썼군요."

"예. 대감."

"잘하셨습니다. 서양과 미리견에서는 여전히 직원이나 인부들에 대한 안전에 인색합니다. 돈을 위해서라면 사람 목숨을 파리 목숨처럼 여기는 천민자본주의이지요. 하지만 우리는 절대 그런 것을 본받지 말아야 합니다. 나중에 교각이 세워지고 그 위로 철교를 놓을 땐 인부들의 몸에 안전띠를 걸고 공사해야 합니다. 낙상으로 인한 사고를 방지해야 됩니다."

"반드시 그렇게 되도록 사장들에게 요구하겠습니다."

장성호의 생각은 박기종에게, 박기종의 요구는 사장들에게 전해지고 있었다. 어떤 공사장이든지 위험은 필연적이었다. 그러나 장성호와 박기종은 그 위험을 최대한으로 낮추고 공사를 진행하는 인부들의 안전을 최대한 지켜내려고 했다. 그리고 두 사람의 요구를 들은 사장들은 철저하게 안전수칙을 지켜가며 다리를 건설하라고 지침을 전했다.

경강철교 건설을 책임지는 이승훈이 공구장에게 지시를 내렸다. 시찰을 하던 도중에 부교 북단으로 파발마가 왔다. 전령이 장성호에게 와서 허리를 굽히며 인사했다.

그는 총리부에서 온 전령이었다.

장성호가 전령에게 무슨 일인지를 물었다.

"무슨 일입니까?"

전령이 대답했다.

"우부총리대신께서 대감을 찾으십니다. 대감께 긴히 말씀드릴 것이 있다 하십니다."

"긴히 하실 말씀이요?"

"예. 대감. 미리견과 서반아의 전쟁이 끝났다 합니다. 지금 신문을 통해 백성들에게 알려지고 있는 후속조치에 대해서 논의하실 것이 있다 하셨습니다. 시찰 후 일정을 취소하라 하셨습니다."

"알겠습니다. 한시간 후에 뵙겠다고 말씀을 전해주십시

오. 마저 시찰을 마치고 총리부에 가겠습니다."

"예. 대감. 이만 가보겠습니다."

장성호에게 인사를 하고 전령이 내렸던 말로 돌아갔다. 그리고 장성호는 김인석과 긴히 나눌 대화에 대해서 짐작하며 마저 시찰을 마치고 총리부로 돌아갔다.

그를 만날 때까지 무슨 일이 일어날지 감히 상상하지 못했다.

총리부엔 환웅함의 통신장인 이태성이 와 있었다. 그는 장성호의 집에서 머물며 태양광전지로 작동되는 통신기로 미국의 성한과 교신을 이루는 자였다. 그와 인사를 나누고 장성호가 김인석에게 물었다.

"하실 말씀이라는 것이 유과장이 보낸 소식입니까?"

"그래."

미국에서 뭔가 소식이 있는 듯했다.

주위를 살피고 작은 목소리로 장성호가 물었다.

"어떤 소식입니까?"

김인석이 이태성을 보자 그가 장성호에게 대신 알려줬다.

"미국에서 건조되다 만 전함들이 있는데, 그것을 우리가 인수할 수 있도록 유과장이 힘써보겠다 합니다. 그중 전함 8척은 확정이나 마찬가지니 미리 해군 육성을 준비해달라고 연락이 왔습니다."

장성호가 놀라면서 이태성에게 물었다.

"정말인가?"

"예, 부장님."

"전함 8척이라는 게… 내가 알고 있는 전함 8척인가, 아니면 단순한 군함 8척인가? 정말로 전함 8척이라면 조선의 해군력이 단번에……."

"부장님께서 생각하시는 그 전함입니다."

"맙소사……."

"인수되기만 하면 어느 누구도 조선의 바다를 쉽게 넘볼 수 없을 겁니다."

장성호의 눈동자가 떨렸다. 이태성이 환하게 웃고 있었고, 김인석도 상기된 표정을 짓고 있었다.

그가 장성호에게 앞으로 해야 할 일을 알려줬다.

"군함이 와도 병력이 없으면 바로 쓸 수 없으니, 미리 훈련함 몇 척을 구입해서 해군을 미우도록 하세. 그리고 전함들이 오면 적응훈련을 벌이고 바로 전력화시킬 것일세. 그 기간을 최대한 짧게 가져갈 것이네. 우리 승조원들이 정말로 힘쓸 때가 왔어."

그동안 할 일이 그다지 없었던 환웅함의 승조원들에게 조선의 바다를 지키도록 힘을 키워야 한다는 특명이 떨어졌다.

최강의 위엄으로 조선의 바다를 지키려고 했다.

잠들어 있던 충무공의 후예가 깨어나려고 했다.

김인석은 곧장 대궐로 가 그 사실을 이희에게 긴밀히 보고했다. 이희는 열강의 상징인 군함을 보유할 수 있다는 생각에 몹시 흥분하며 함박웃음을 지었다. 그리고 성한이 미국에서 대업을 이루기를 소망했다.

*　*　*

대한로드쉽의 사장인 스튜어트와 성한이 함께 샌디에이고만에 건설된 조선소의 선거시설 사이를 걷고 있었다.

4개의 드라이독이 완공되어 있었고, 그 안에서 4척의 군함이 건조되고 있었다. 더해서 4척의 다른 군함이 지상에서 건조되고 있었다.

선체가 거의 완성되어 가는 것을 보며 스튜어트가 성한에게 매킨리와 있었던 이야기를 전했다.

"계약을 파기하고 싶다는 의중을 내비쳤습니다. 그런데 파기하게 되면 회사에 손해가 가해지고 주식 가치가 떨어지겠죠. 손해가 나면 배당금도 줄어들거나 전무할 수 있으니 대통령 각하와 전쟁부 장관께서 고민이 큰 모양인가봅니다. 그렇다고 예정대로 전함을 인수하게 되면……."

"전쟁이 끝났는데 전함을 인계받을 명분 자체가 없죠."

"이렇게 빨리 전쟁이 끝날 줄 몰랐습니다. 정치를 하시는 분들이니 결국 무리해서 전함을 사려고 하지 않을 겁니다. 1만 5천톤이나 되는 전함들인데, 인수가 거부되면 회사에 막심한 손해가 오게 됩니다. 이 문제를 어떻게 해야 할지 고민입니다."

4개월 만에 스페인과 미국의 전쟁이 끝났다. 성한이 한숨을 쉬며 말하는 스튜어트의 어깨를 두드려주면서 말했다. 그리고 스튜어트가 걱정하는 문제를 해결할 수 있다고 말했다.

전함 8척을 수주한 것은 온전히 그가 계획한 일이었다.

"제가 무리하게 건의한 부분이 있지요. 당연히 저도 책임져야 할입니다. 저 또한 장기전을 예상했기 때문이죠. 하지만 걱정하지 마십시오. 대통령과 전쟁부 장관이 주식을 포기할 일도, 저 전함이 팔리지 않을 일도 없을 겁니다. 이 문제를 해결하고 한달 후에 다시 오겠습니다."

대한로드쉽에 찾아온 위기를 어떻게 헤쳐나갈지 궁금했다. 비록 그 해법을 스튜어트가 듣지는 못했지만 대주주인 성한을 믿으며 참고 기다리기로 했다.

샌디에이고에서 열차를 타고 워싱턴 D.C에 성한이 도착했다. 워싱턴 D.C에 도착한 성한은 몇 군데에 전화를 걸고 하루동안 호텔에서 피로를 풀었다. 그리고 워싱턴 D.C 주재 조선 공사관으로 향했다.

포드퍼스트에서 성한이 내리자 미리 공관에서 나와 있던

사람이 그를 크게 반겼다.

그는 반년 전에 미국으로 파견된 조선 공사였다.

입가 양옆으로 나 있는 수염이 인상적인 사람이었다.

"서재필 사장으로부터 이야기를 들었소. 공사 민영환이오."

"유성한입니다. 공사님을 뵙게 되어 영광입니다. 그리고 갑자기 찾아온 것은 아닌지 모르겠습니다."

"절대 아니오. 조선 공사관은 조선인들을 위해 언제든지 열려 있소. 어려움이 있다면 언제든지 찾아오면 되오. 비록 조차한 땅이지만 이 땅은 조선 땅이오."

"그리 말씀해주시니 마음이 편합니다."

"안으로 모시겠소. 따라와주시오."

"예. 공사님."

서재필이 조선 공사관으로 중요한 사람이 갈 것이라고 알렸다. 그리고 그의 알림을 들은 민영환은 공사관에 오는 사람이 천군의 수장 중 한 사람이라는 것을 눈치챘다.

웃으면서 맞이했고 응접실로 성한을 안내했다. 성한과 함께 온 사람들도 자리를 함께할 수 있도록 배려했다. 그들이 성한을 지키는 천군인 것을 알고 있었다.

응접실 소파에 앉아서 관원이 내어준 찻잔을 들었다.

"미국에서 사업을 하고 있다고 들었소. 맞소?"

"맞습니다만 그리 거창하지는 않습니다."

"거창하지 않은데 필립제이슨사를 세운 서재필 사장이 내게 전화를 걸겠소? 날 만나서 하고 싶은 이야기가 있다고 들었는데 어떤 이야기요? 혹 도울 일이 있다면 마땅히 돕겠소. 말해보시오."

민영환이 시원시원하게 말했다. 역사 속에서 외교권을 일본에게 박탈당하는 '을사늑약'이 맺어졌을 때, 백성들의 의식이 깨어나길 소망하는 유서를 쓰고 자결한 우국지사였다. 그런 민영환을 보면서 성한이 미소지었다. 주위를 돌아보고 사람을 비워달라고 말했다.

"매우 중요한 이야기입니다. 잠시 사람들을 비워주실 수 있겠습니까?"

성한의 진중한 요청에 민영환이 고개를 끄덕였다. 그리고 응접실에 있던 관리들에게 밖으로 나가달라고 지시했다. 성한과 함께 들어온 대원들이 응접실 창문과 문 앞을 지켰고, 제3자가 엿듣지 못하도록 만들었다. 그로써 성한과 민영환의 비화가 지켜졌다. 민영환이 다시 찻잔을 들고 차 한모금을 마시면서 물었다.

"내게 말하고자 하는 것이 무엇이오?"

성한이 미소를 지었다가 이내 진지한 표정을 지으면서 말했다.

"말씀드렸다시피 거창하게 일을 벌이는 사업가는 아닙니다. 제가 직접 경영하는 회사가 있는 것도 아니니까 말이죠. 하지만 미국에는 증권이라는 것이 있고, 막대한 증권을 가지고 있으면 사장보다 더한 영향력을 행사하더군요. 배당금으로 엄청난 수익도 거두고 말입니다. 제가 대주주로 참여하는 회사가 있는데, 제가 조선인인 만큼 조선 정부에서 도와줬으면 좋겠습니다."

성한의 대답을 듣고 민영환의 눈썹이 꿈틀거렸다.

나라를 위해서 뭔가 큰일을 기획할 것이라고 생각했는데, 천군 수장의 입에서 나온 말은 사익을 위해 힘써달라는 내용이었다. 민영환은 몸을 일으켜 세웠다.

"비밀을 지켜야 하는 이야기라기에 무슨 이야기인가 했더니… 나가시오. 더 이상 듣지 않겠소."

"성미가 급하십니다."

"급하고 뭐고 간에, 나는 조선 왕실과 만민을 위해서 일하지 한 사업가를 위해서 일하지 않소. 어쩌다 그리 망가졌소? 천군이라기에 정말 기대가 컸는데… 더 이상 할 말이 없으니 나가시오."

성한은 민영환의 반응이 매우 만족스러웠다. 성한이 잔잔하게 미소를 짓자 그 모습을 본 민영환은 더욱 불쾌함을 나타냈다.

성한이 그런 민영환의 뒤통수를 치는 말을 꺼냈다.

"군함을 건조 중입니다. 그것도 최신예, 최강의 군함입니다. 그 군함을 조선 정부에 팔겠다는 이야기입니다."

성한의 말에 민영환의 눈동자가 흔들렸다.

기막혀하는 표정으로 따지듯이 성한에게 말했다.

"군함을 팔겠다고? 그걸 내게 믿으란 말이오?"

"대한로드쉽입니다."

"뭐……?"

"대한로드쉽의 주식 중 9할을 제가 가지고 있습니다."

"……."

"현재 전함 8척을 건조 중인데, 그 전함 8척을 조선 정부에서 구입하길 원합니다. 제 사익이 아니라 조선의 국익을 위해서입니다. 이에 대해서는 어떻게 생각하십니까?"

"……."

갑자기 그가 대한로드쉽이라는 조선 회사의 대주주라는 이야기를 들었다. 민영환은 성한을 의심의 눈초리로 쳐다볼 수밖에 없었다.

자신을 노려보고 있다는 생각에 성한이 벽에 걸린 전화기를 가리키면서 말했다.

"만약 믿어지지 않는다면 서재필 선생님께 전화를 걸어보십시오. 지금 공사의 전화를 기다리고 계십니다."

그 말을 듣고 민영환이 벽에 걸린 전화기로 향했다. 그리고 필립제이슨사로 전화를 걸었다. 마치 그의 전화가 오리라는 것을 알았다는 듯이 서재필이 짧게 대답했다.

―그 사람이 하는 말이 모두 맞소. 참고로 그는 우리 회

사의 대주주이기도 하오. 그러니 의심하지 않아도 되오.

도청 방지를 위해서 통화 시간을 짧게 하고 바로 끊었다. 그로써 성한의 신원이 명확해졌다. 그럼에도 민영환은 떨리는 시선으로 성한을 보면서 그를 의심했다.

'이자가 필립제이슨의 대주주라고······?'

서재필의 증언에 이어 성한이 직접 자신에 대한 신뢰를 세워나가기 시작했다.

어째서 대한로드쉽의 대주주가 됐는지 전 과정들을 알려줬다. 그리고 소수만 알고 있는 사실을 알려줬다.

"전하께서 제게 내탕금을 내어주셨습니다."

"뭐라고······?"

첫마디부터 기막힌 이야기가 나왔다. 민영환의 물음에 아랑곳 않고 성한이 계속 이야기를 이었다.

"전하께서 내어주신 내탕금으로 페니실린을 개발하고 공장을 차렸지요. 그리고 서재필 선생님을 사장으로 모시고, 주식 배당금을 받아 큰돈을 벌었습니다. 그 후에 자동차 회사를 세우고 포드 모터스라 이름 지었습니다. 그 회사의 사장이 헨리 포드니 당연히 사람들은 포드가 회사 소유자인 줄로 알지요. 하지만 사실은······."

"그대가 소유자다······?"

민영환이 이해하는 것을 보고 성한이 목에 힘을 주면서 말했다.

"그런 셈입니다. 그 후에 US그룹을 세우고 대한로드쉽을 차렸습니다. 그 외에도 몇 개의 회사가 더 있는데, 대한로드쉽의 이득은 전하께서 거두시는 이득이기도 합니다. 그 이득이 결국 어디로 가겠습니까?"

"어… 어디로 말인가?"

"조선을 건설하는 일에 쓰이게 됩니다. 조선에서 벌어지는 철도 부설 사업은 그렇게 시작된 사업입니다. 미국에서 제가 편하게 지내는 게 사익이라면 딱히 부정하지 않겠습니다. 하지만 분명히 조선을 위한 일입니다. 조선의 국방을 위해서 미 전쟁부에 전함 구입을 문의해보십시오. 분명히 전함 8척을 조선에 팔 것입니다. 대한로드쉽의 주식을 매킨리 대통령과 엘저 장관이 소유하고 있습니다."

"맙소사……."

민영환은 성한이 하는 이야기를 듣고 경악했다. 그리고 큰 충격에 휩싸이게 됐다. 서재필을 통해 그가 필립제이슨의 대주주라는 것을 입증 받았다. 그리고 이름만 들어도 알 법한 다른 유명 회사의 대주주이기도 하다니, 그의 말을 믿지 않을 수 없었다.

그에게 투자금을 내어준 사람이 이희였다는 것도 몹시 충격이었다. 또한 대한로드쉽의 주식을 미 정치인이 가지고 있다는 사실도 새롭게 알았다.

어안이 벙벙했다. 다리가 풀려서 그대로 소파 위에 주저

앉았다. 그리고 머릿속의 생각을 정리하기 시작했다.

정리하면서 몇 번의 재확인이 있었다.

"정말로 전하께서 내탕금을 내어주셨소……?"

"예. 하지만 비밀이어야 합니다. 제가 대주주라는 것까지도 말이죠. 이 사실들이 알려지면……."

"미국이 조선을 망하게 만들겠군."

"지금은 말입니다. 하지만 나중에 공생밖에 방도가 없으면 그 사실이 밝혀져도 우리와 함께할 것입니다. 중요한 것은 전쟁이 빨리 끝나는 바람에 장기전을 대비하려고 수주 계약을 맺은 전함 8척이 골칫덩이가 되었다는 사실입니다. 전쟁부에서 인수를 하게 되면 여론의 지탄을 받게 될 테고, 거부한다면 대한로드쉽이 큰 손해를 보면서 주식을 소유한 사람들이 피해를 입겠죠. 그중에는 매킨리 대통령과 엘저 장관, 무수한 미 정치인들이 있죠. 만약 조선에서 전함을 인수하게 되면……."

"미리견 정치인들 입장에선 골칫덩이가 사라지는 격이군."

"맞습니다. 그래서 지금이 아니면 절대 살 수가 없습니다. 조선을 위해서 전함을 구입하셔야 됩니다."

조금 성한을 믿게 됐다. 그리고 그가 하는 말이 민영환에게 신빙성 있게 들리기 시작했다.

무슨 의도로 그가 자신을 만나려 했는지 명확하게 깨달

앉다. 그리고 다시 그가 했던 말을 머릿속에서 정리했다. 그중 최신예라는 말에 걱정하게 됐다.

"최신예 전함이라 하지 않았소? 그런 전함을 미국 정치인들이 우리에게 팔겠소?"

긴장한 목소리로 민영환이 묻자 성한이 미소를 드러내며 자신 있게 대답했다.

"건조되는 전함의 함포가 총 9문입니다. 포탑이 3개며 포탑마다 3문씩 탑재되는 전함인데 함포의 구경만 12인치입니다. 가히 최고구경의 함포죠. 만국 정치가들이 주목하는 것은 바로 함포의 구경입니다."

"사정거리와 위력 때문에 말이오?"

"그렇습니다. 12인치 구경의 함포를 절반 이하 크기로 줄이면 경계하지 않고 팔 것입니다. 우리는 구경을 줄이고 사정거리와 위력을 그대로 유지시킬 수 있는 기술을 가지고 있습니다. 사정거리는 제원 표를 조작해서 속일 수 있습니다."

함포 구경을 줄여도 사정거리를 유지할 수 있다는 근거가 무엇인지 알 수 없었다. 그저 조선인으로서 조선을 위해 큰일을 벌이겠다는 성한을 믿을 수밖에 없었다. 그리고 기국이 조선에 군함을 파는 명확한 근거가 하나 더 있음을 민영환이 들었다.

"매킨리 대통령과 엘저 장관은 조선이 강해지는 것을 원

140

합니다."

민영환이 다시 물었다.

"어째서 말이오?"

그리고 대답을 들었다.

"필립제이슨사의 공장이 조선에 건설되고 있기 때문이죠. 청나라와 일본, 인도차이나 영국 식민지에 막대한 양의 페니실린을 팔길 원합니다."

"대한로드쉽과 마찬가지이기 때문에?"

"그렇지요. 필립제이슨사의 주식을 미 정치인들이 가지고 있습니다. 그리고 그들이 주식으로 가진 회사들이 조선에 진출할 겁니다. 포드모터스도 말이죠. 조선을 미국의 국익을 위한 핵심 상공업 기지로 만들려 하는데, 그러려면 타국의 침략에서 조선이 자유로워져야 합니다. 그리고 미국이 직접 지키는 것보단 조선이 자강하여 미국의 자산을 지키는 것이 낫지요. 그런 생각과 판단으로 반드시 전함을 팔 겁니다."

"……."

"참고로 걱정하실까봐 말씀드립니다만 조선에 진출할 회사들은 전부 제가 대주주인 회사들입니다. 그러니 미국이 조선을 경제 식민지로 만들 일은 없을 겁니다. 미국에서 키운 힘으로 조선을 돕고 지원할 겁니다. 이것이 몇 년 동안 제가 구상했던 계획이고, 지금 실천하고 있습니다.

조선은 이제 미국의 비호를 받을 겁니다."

차분히 앉아서 성한이 하는 이야기들을 듣고 정리했다. 모든 상황이 조선을 중심으로 돌고 있었다. 그리고 최신예 전함을 구입할 수 있는 가능성이 매우 높았다. 그 돈을 미국에서 큰 성공을 이룬 성한이 대겠다고 말하자, 민영환은 속으로 쾌재를 불렀다.

입가에서 떠오른 미소가 진하게 얼굴에 배어들었다.

'하늘이 조선을 돕고 있구나! 이런 기적이 벌어지고 있다니!'

동시에 머릿속에서 번갯불이 튀었다.

"잠깐······."

"······?"

"혹시, 이리될 줄 알고 대한로드쉽으로 전함 수주를 받은 것이오? 미리견과 서반아와의 전쟁이 일찍 끝날 것이라 생각하면서 말이오?"

그 물음에 성한이 피식했다가 고개를 가로저었다.

"그럴 리가 있겠습니까? 절대 예상하지 못한 일입니다. 어찌 되었건 미국 정부에 군함 구입을 문의해보십시오. 분명히 구입할 수 있을 겁니다."

대답을 듣고 민영환이 고개를 끄덕였다.

"알겠소."

다과를 몇 개 집어 먹고 소파에서 성한이 일어섰다.

"여기 전화번호를 두고 가겠습니다. 미국 정부의 답변을 듣고 알려주십시오. 당분간 워싱턴 D.C에 머물겠습니다."

연락처를 남기고 공사관에서 성한이 나갔다. 그가 나간 뒤 민영환은 심호흡을 하고 미국 국무부로 전화를 걸었다. 세상을 유람하면서 익힌 유창한 영어로 국무부 장관에게 군함 구입을 문의했다.

"아국에서 군함을 구입하길 원하오. 혹시 구입할 수 있는 군함이 있소?"

수화기에서 국무장관의 목소리가 울려퍼졌다.

대답을 듣고 민영환의 입가에 미소가 피어올랐다.

"혹시, 아국에서 살 수 있겠소? 건조 중인 전함을 계약 가격대로 아국에서 대신 사겠소. 가능하다면 알려주시오."

조선 정부의 요청이 국무부를 통해 매킨리에게 전해졌다.

전함 판매에 대해서 매킨리와 엘저가 이야기를 나눴다.

"조선 공사가 국무부에 전함 구매에 대해서 이야기했소. 전쟁부에서도 이 이야기를 들었소?"

"국무부에서 요청을 받았습니다."

"어떻게 생각하오?"

"안 그래도 그 일에 대해서 심도 있게 논의했습니다. 전함을 팔아서 조선이 강해지게끔 하자는 것에 의견이 모아졌습니다. 앞으로 조선에 진출할 미국 회사들을 생각해서 말입니다. 하지만 그대로 파시면 안 됩니다."

"너무 강하기 때문에 말이오?"

"예. 각하께서도 아시다시피 대한로드쉽의 전함은 명실공이 영국 전함에 버금가는 전함입니다. 특히 함포가 대구경입니다. 마침 대한로드쉽에서 이 일에 관해 문의했고 전쟁부에서는 설계 원안 그대로 팔 수 없다고 답변을 보냈습니다. 그리고 5인치 함포를 탑재하는 것으로 다시 문의를 했습니다. 함포 구경이 5인치라면 주변국들에게 큰 위협을 주지 않을 것이라 생각합니다. 그리고 배수량이 있기 때문에 조선을 함부로 위협할 수도 없을 겁니다. 함포 구경을 낮춰서 판다면 찬성입니다. 그리고 전함을 시작으로 그에 관한 군수물자나 다른 무기도 팔 수 있습니다. 적당한 수준에서 조선군을 무장시켜야 됩니다."

엘저의 대답을 듣고 매킨리가 고개를 끄덕였다.

"대한로드쉽에 설계도를 변경해서 제출하라고 전하시오. 5인치 함포로 바꿔서 조선에 팔겠소. 조선군을 무장시켜서 우리 국익을 지킬 것이오."

그로부터 만 하루가 지나서였다. 조선 공사관으로 미국 국무부의 답변이 전해졌다. 건조 중이던 8척의 전함을 조선 정부가 인수하기로 결정됐다.

삼도수군을 넘어
대양해군으로 나가다

"정말 이걸로 낫습니까?"

"그럼요. 그러니까 걱정하지 말고 팔을 보여주세요. 어서요."

"……."

"주사를 놓겠습니다. 따끔할 거예요."

폐병에 걸린 백성이 콜록거리면서 왼팔의 소매를 걷어 올렸다. 근육 많은 이동현이 환자의 팔을 붙잡고 주사를 놓았다. 주사를 맞는 백성은 겁에 질린 표정으로 얼굴을 돌렸다. 팔뚝을 뚫고 바늘이 들어오자 소름이 돋는 것을 느끼면서 부들부들 떨었다. 그리고 팔에서 바늘이 빠져나갔을 때 참았던 숨을 토해내면서 안도의 한숨을 쉬었다. 이동현이 웃으며 백성에게 말했다.

"끝났습니다. 잘 참았습니다. 나가셔서 약 처방을 받으시면 됩니다."

"감사합니다……."

생각보다 많이 아플 것이라 생각했는데 그렇지 않자 백성이 웃으면서 일어났다. 그리고 계속 기침을 하며 약방 앞으로 가서 처방전을 받았다.

돌아가는 백성을 보기가 무섭게 다른 환자에게 주사를 놓았다. 어느덧 해가 중천에 이르러 식사할 시간이 되었고, 이동현이 기지개를 켜고 하던 일을 잠시 멈췄다. 그때 김신이 와서 이동현에게 말했다.

"오늘 점심은 함께 먹도록 하지."

"그렇게 할까요?"

급한 환자를 치료할 의원과 간호사들을 남기고 제중원에 있던 모든 의원과 간호사들이 식당으로 향했다. 그 식당은 제중원과 계약을 맺은 길 건너 식당이었다. 이동현과 김신도 그 식당으로 가서 국밥 한그릇씩을 시키고 한 식탁에 마주 앉았다.

둘은 이야기를 하면서 국밥이 오기를 기다렸다.

"적절할 때 페니실린이 와서 다행입니다. 덕분에 심각한 폐렴이나 어지간한 세균성 감염 질병은 다 치료할 수 있게 되었습니다. 수술 환자도 마찬가지고요. 상황에 따라서는 우리와 함께 온 사람들도 치료할 수 있습니다."

"유과장이 정말 애썼지."

"그러게 말입니다. 그리고 필립제이슨으로 더 많은 신약을 개발할 수 있으니, 이제 약이 없어서 치료할 수 없는 일은 줄어들 겁니다. 정말 다행입니다."

항생제를 통해서 많은 사람들을 살렸다. 특히 수술을 벌이고 난 뒤의 감염 가능성을 매우 줄여줘서 제중원에서는 어떤 의원이든지 명의가 될 지경이었다.

동현이 김신에게 지연에 대한 이야기를 물었다.

"안지연 선생님으로부터 연락은 없었습니까?"

그 물음에 김신이 사발의 물을 마시면서 말했다.

"미국 시민권을 땄다고 하더군."

"시민권을요?"

"그리고 컬럼비안 대학교에서 의사로 취직했다고 장부장으로부터 소식을 들었네. 덕분에 미국에서 합법적으로 사람을 치료할 수 있게 됐지."

"여자인데다가 인종차별까지 당했을 게 뻔한데 대단하네요. 하긴, 안지연 선생님의 실력은 알아줄 정도니까 인정하지 않을 수 없었을 거예요. 정말 잘됐네요."

"그러게 말이야."

"조선에서 함께 있었으면 더 좋았을 텐데."

미국으로 떠난 사람들이 보고 싶었다. 그들을 못 본지 벌써 몇 년이라는 시간이 흐르고 있었다.

함께 일하면서 웃고 짜증도 부리고 했던 지연이 그리웠다. 아련한 옛 추억에 잠기면서 앞으로 해야 할 일들을 생각했다.

옆 식탁에서 식사를 마친 손님들이 나갔다. 그 자리에는 신문이 놓여 있었고, 동현이 신문을 가지고 와서 천천히 읽기 시작했다.

신문을 읽다가 눈을 크게 키우고서 번뜩였다.

"와, 조선에서 이런 것도 하네……."

"뭘 말인가?"

"육체미 대회? 보디빌더 대회 같은 건데요?"

"서양에서 하는 대회를 조선에 도입한 모양이군. 혹시 생각이 있으면 나가보게. 자네 이두근이 벌써부터 꿈틀대는데… 징그러워서라도 보내야겠어."

"그래도… 될까요……?"

"그래. 휴가를 낼 수 있도록 내가 힘써보지. 나가서 사람들에게 건강미가 뭔지 보여줘봐."

"예. 교수님. 후후후."

김신의 허락에 동현이 어린아이같이 웃었다. 굳이 누군가에게 보여주려고 운동을 하는 것은 아니었지만 보여줘서 인정받는 것을 즐기지 않을 이유도 없었다.

과거의 운동법보다 미래의 운동법이 훨씬 발전되어 있었다. 그리고 동현은 육체미 대회로 불리는 대회에 나가서 사람들에게 건강미의 진수를 보여줄 수 있기를 학수고대했다.

동현은 계속해서 신문을 읽었고 김신이 내용을 물었다.

"또 무슨 소식이 담겨 있지?"

동현이 대답했다.

"해군 창설을 준비한답니다. 훈련함을 도입하고 해군사관학교를 세워서 해군 장교와 부사관을 육성하겠다고 하네요. 아무래도 장부장이 나서겠죠?"

"그렇겠지."

"삼면이 바다인데 잘 지켰으면 좋겠어요."

동현이 읽고 있는 신문을 다른 여러 백성들도 읽고 있었다.

광문사의 광문일보 외에 한양을 중심으로 하는 '한성일보'가 왕립신문으로 창간되었다. 대주주는 조선 왕실이었고, 장성호의 추천으로 '남궁억'이라는 사람이 사장이 됐다.

해군사관학교 설립이 결정되고 훈련함 1척을 도입하기로 결정이 됐다. 항해술을 배우고 기본적인 함포 교육을 위한 군함을 도입하는 것이었기에 어느 정도의 무장을 갖춘 군함을 훈련함으로 도입해야 됐다. 때문에 각국 공사관으로 연락이 이뤄졌다. 또한 조선을 동등한 나라로 인정하지 않는 청나라 조정으로 직접 연락했다.

조선에서 일본과 전쟁을 치르면서 청나라로 도주했던 자가 다시 조선 땅을 밟았다. 변발 차림을 하면서도 서양식 제복을 입은 자가 연락선을 통해 제물포로 입국했으니. 그는 한때 조선에서 흥선대원군보다 더한 권력을 부린 자였다. 아기 곰같이 동그란 외모를 지니고 있었지만 한없는 탐욕을 가진 사람이었다.

그가 인상을 찌푸리면서 제물포의 공기를 마셨다.

"많이 변했군."

"조선의 자강이 느껴집니다."

"하지만 역겹기는 전이나 지금이나 마찬가지지. 자강을 해봐야 얼마나 자강하겠나. 그러니 결국 우리에게 손을 벌리는 것이 아닌가. 놈들에게 대청국의 국위를 제대로 보여 줄 것이네."

"예. 대인."

"가세."

"예."

익숙한 걸음으로 제물포 부두를 빠져 나갔다.

그의 이름은 '원세개'였고, 청나라에서는 '위안스카이'라고 불렸다.

신식 군대인 별기군이 창설되면서 차별받았던 구식 군대

가 반란을 일으켰을 때였다. 그들을 진압하기 위해서 조선 왕실이 청나라군에게 도움을 요청했고, 그것이 빌미가 되어 청국군 사령부가 조선에 세워졌다. 그리고 원세개는 군사고문이 되어 10년 가까이 조선에서 왕보다 더한 권력을 부렸다. 조선이 자강하려면 언제나 방해했고, 열강으로 나아가는 일본을 견제하려고 했다.

그랬던 원세개에게 조선은 여전히 속국, 그 이상도 아니었다. 자강이 이뤄지는 조선이 괘씸하게 보였다. 마차를 타고 한양으로 향할 때, 길가에 공사가 이뤄지는 것을 목격하게 됐다.

원세개가 그를 안내하는 조선 관리에게 이를 물었다.

"백성들이 저리 흙을 파내는데, 대체 뭘 하려고 저러는 거지?"

관리가 환하게 웃으면서 대답했다.

"철도를 부설하고 있습니다."

"뭐? 철도?"

"예. 전하께서 주신 내탕금으로 철도를 건설하고 있습니다."

원세개가 속으로 철도 공사를 비하했다.

'조선 주제에 철도 부설이라고? 조선왕이 내탕금을 냈다니, 그럴 돈이 어디 있단 말인가? 내년이면 나라에 돈이 모두 떨어지겠군.'

불과 몇 년 전만 해도 조선의 재정을 손바닥 보듯이 알고 있었다. 그런 생각과 판단으로 절대 제대로 철도 건설이 이뤄지지 않으리라고 생각했다.

그리고 경강에 이르렀다. 부교를 통해 강을 건너는 사람들이 있었고 그 옆에서 교각이 세워진 공사장을 목격하게 됐다. 원세개의 눈이 휘둥그레졌다.

"이건……."

그의 놀란 모습을 보고 관리가 웃었다. 조선의 발전을 예상하지 못한 오랑캐의 반응이 즐거웠다. 청나라 말로 경강 철교에 관해서 원세개에게 알려줬다.

"내년 즘 완공되는 것으로 압니다. 그리고 완공이 되면 기차가 달릴 겁니다. 우리 조선인도 저런 다리를 지을 수 있습니다."

어안이 벙벙해진 모습으로 원세개가 물었다.

"공사를 책임지는 나라는 어느 나라인가?"

그리고 관리가 대답했다.

"조선입니다."

"뭣이?"

"조선철도공사에서 공사를 책임지고, 남강건설에서 경강철교 건설을 책임지는 것으로 압니다. 그리고 조선의 많은 건설 회사들이 철도 부설에 참여했습니다. 조선에 부설되는 철도인데 당연히 우리가 책임지고 건설해야죠. 5년

후엔 열차를 타고 청국과 노서아에도 갈 수 있을 겁니다. 그때를 학수고대하고 있습니다."

예상이 빗나가면서 편견에 실금이 갔다. 조선에서 철도 공사를 책임지는 회사라면 최소한 러시아 혹은 프랑스, 독일이라고 생각했다.

척 봐도 철도 부설이 처음인데, 처음부터 조선 회사가 건설한다고 하니 기가 막힐 수밖에 없었다. 미국의 지원이 있었다는 이야기를 나중에 들었지만 동양에서도 알아주는 강폭을 가진 경강을 건너는 다리를 조선인들이 짓는다는 사실이 믿어지지 않았다.

눈으로 보고도 인정하지 않았다. 아니, 인정하기가 싫었다. 조선은 영원히 청나라의 속국이길 원했다. 자신이 깔보고 짓밟았던 조선이 예전의 모습이 되길 소망했다.

그런 마음으로 외부로 향했다. 당장 경복궁으로 가서 이희에게 궐 밖으로 나오라고 소리치고 싶었다. 하지만 자금성에서 지시를 받은 것이 있어서 나라 대 나라의 입장으로 조선과 외교를 이루려고 했다.

조선에서 훈련함을 도입하려고 했다.

원세개는 육조거리 끝자락에 위치한 저택 같은 숙소에서 하룻밤을 잤다. 그리고 외부 관아로 향해 응접실에서 조선 대신과 관리들을 만났다. 이범진과 유성혁, 장성호가 의자에 앉고, 탁자 맞은편에 원세개와 그의 수행원들이 앉았다.

이범진이 미소로 원세개를 맞이했다.

"먼 길 오시느라 고생하셨습니다. 나가서 환대를 해드려야 하는데 저희들의 업무가 워낙 많은지라 본의 아니게 이곳에서 인사를 드리게 되었습니다. 송구합니다."

세 사람이 함께 허리를 굽혀서 인사했다. 그들을 보면서 원세개는 탐탁찮은 표정을 지었다. 대국의 사신인 자신이 있는 곳에서 만난게 아니라 자신이 직접 조선의 관아로 향했다는 사실이 몹시 기분 나빴다. 그저 조선이 원하는 군함을 잘 팔고자 했다.

원세개는 세 사람의 자기소개를 듣고 무심한 표정으로 수행원에게 눈짓을 줬다. 그러자 탁자 위로 사진이 올라왔다.

"조선에서 구하고자 하는 군함이오. 이 정도면 되겠소?"

사진을 보여주면서 원세개가 말했다.

이범진이 원세개가 넘긴 사진을 살폈고 이내 유성혁과 장성호에게 넘겨줬다. 그리고 두 사람은 차례대로 이맛살을 찌푸리면서 사진에 담긴 군함의 정체를 파악했다.

장성호가 사진의 군함을 보여주면서 원세개에게 말했다.

"이건 화물선이 아닙니까?"

역관이 통역했고 원세개가 대답했다.

"맞소. 하지만 군함으로도 쓸 수 있소. 원한다면 함포를 탑재시켜 줄 수 있소. 이만한 크기면 대해를 항해하는 데에도 문제없으니 값은 잘 쳐주겠소."

"……"

"어쩌겠소? 사겠소?"

유성혁이 원세개에게 물었다.

"얼마에 팔 겁니까?"

원세개가 대답했다.

"50만 파운드요."

"50만 파운드……?"

"그렇소. 항해술에 관해서도 알려줄 것이니 그만한 가격은 되어야 한다고 생각하오. 어떻소?"

"……"

"나는 매우 싸게 파는 거라고 생각하오."

50만 파운드라는 이야기에 이범진이 기막혀했다. 유성혁과 장성호는 마치 벌레를 보는 듯한 시선으로 원세개를 쳐다봤다.

말도 안 되는 가격부터 던져놓고 가격을 줄여서 협상하려는 수작이었다.

'25만 파운드에 팔아도 엄청난 이득이다. 네놈들이 물정을 알아봐야 얼마나 알겠어? 후후후.'

선심 쓰듯이 값을 깎아서 팔려고 했다.

이범진은 서양식으로 건조된 배가 어떻게 그리 비쌀 수 있냐고 물으려고 했다. 그때 장성호가 먼저 사진을 찢었다.

"없던 것으로 하겠습니다."

"……?!"

"50만 파운드면 어지간한 서양의 군함도 살 수 있는 가격입니다. 그걸 우리가 알고 있는데, 이런 식으로 값을 제안하면 정말 곤란합니다. 조선을 우습게 여긴다 생각할 수밖에 없군요. 먼 길 오시느라 고생하셨지만 나눌 이야기가 없는 것 같으니 돌아가시기 바랍니다."

"……."

"끝냅시다. 외부대신."

장성호가 몸을 일으켰다. 그가 사진을 찢었을 때 원세개는 순간적으로 당황했다. 그리고 뒤늦게 설득에 나섰다.

"20만 파운드. 20만 파운드에 팔겠소. 어떻소?"

그 제안에 장성호가 고개를 가로저었다.

"5만 파운드입니다. 그 이상을 쓸 생각은 전혀 없습니다. 그리고 화물선은 절대 구입하지 않을 겁니다. 돌아가십시오."

"큭……!"

단호한 대답을 듣고 원세개가 언성을 높였다.

"조선이 무슨 능력이 있어서 5만 파운드에 군함을 산단 말인가? 설마하니 저번에 일본을 상대로 외교적인 승리를 거뒀다고 기고만장해진 것인가? 훈련 지원까지 더해지면 10만 파운드도 싼 값일 터! 군함을 도입하기 위해서 감히 대청국의 대신을 불러다놓고 이게 뭐하는 짓인가?!"

그 말에 장성호도 언성을 높이며 말하려 했다. 그때 이범진이 팔로 앞을 막았다.

"외부대신."

"내가 알아서 하겠소."

"알겠습니다……."

진정하고 자리에 차분히 앉았다. 그리고 이범진이 원세개에게 말했다.

"말씀드렸다시피 아국에서 원하는 것은 군함입니다. 그런데 어떻게 화물선을 파시려 합니까? 중고로 도입하더라도 온전한 군함을 도입할 것입니다."

이범진의 차분한 어조에 원세개가 언성을 가라앉혔다.

"그래서 함포를 탑재해주겠다는 것이 아니오? 함포를 탑재해서 훈련 지원도……."

"호박에 줄을 긋는다고 수박이 되진 않습니다. 화물선은 화물선일 뿐입니다. 제대로 된 군함을 도입할 겁니다. 훈련에 관해서도 아국에서 알아서 할 것입니다. 그리고 아국에서 문의한 것이라고 해도 청국에서 먼저 나서서 사신을 보내겠다고 했지 않습니까? 우리는 군함의 정보와 값만 알려달라고 했을 뿐인데, 청국에서 사람을 보내며 협상하자고 하지 않았습니까? 그래서 조건이 맞지 않으니 군함을 사지 않겠다고 결론을 낸 것이고요. 혹시 재협상하실 생각이 있으시다면 새로운 군함 목록을 가지고 조선에……."

"아니. 끝내도록 하지."

"대인……."

"장담컨대 조선은 절대 군함을 가질 수 없을 것이고, 비루한 해군으로 육지만 지키게 될거야. 두고 보라지."

원세개가 자리에서 일어났다.

"가세!"

"예! 대인!"

청나라 수행원들이 답하면서 몸을 일으켰다. 화난 원세개가 외부 관아에서 나갔고, 이범진이 그를 잡기 위해서 불렀지만 소용이 없었다. 원세개는 자신을 상대로 할 말을 다하는 이범진이 못마땅했다. 그리고 동등한 관계를 원하는 조선 조정의 입장이 발칙했다.

원세개가 나가자 이범진이 한숨을 쉬었다. 그런 이범진의 곁에서 장성호가 말했다.

"마땅히 하실 일이었습니다. 최선을 다 하셨습니다. 그러니 낙심하지 마십시오."

"그리 말해주니… 위로가 되는군. 하지만 훈련함을 도입하지 못했어."

"이런 결과가 될 수 있다는 것도 감안했습니다. 그래서 여러 방법을 준비했고요. 솔직히 값을 더 쳐서 10만 파운드에 훈련함을 도입해볼 생각도 있었지만, 화물선은 아닙니다. 결단코 말입니다. 청나라를 상대로 군함을 도입하지 않을 겁니다."

성혁이 물었다.

"그러면 영길리나 불란서를 상대로 도입하실 생각이십니까?"

"……."

고민하다가 장성호가 대답했다.

"그게 두번째 방법이긴 한데, 시간이 너무 오래 걸려."

대답에 이어 이범진에게 말했다.

"지금 생각난 것이 있는데 한번 들어보겠습니까? 제 생각으론 이게 가장 나은 방법입니다."

"어떤 방법이오?"

장성호가 미소를 지으며 이범진의 물음에 대답했다.

"해군사관학교에 입교하는 생도들을 미국으로 보내는 겁니다."

"미국…? 미리견을 말이오?"

"예. 다소 시간은 걸리겠지만 미리견이라면 아마 우리를 도와줄 겁니다."

확신에 가득 찬 눈빛이 믿어지지 않았다. 미국이 조선을 도울 것이라는 근거가 무엇인지 궁금했다. 장성호에게 이범진이 물으려 할 때, 전문을 손에 쥔 관리가 응접실로 들어왔다.

그가 앞으로 오자 이범진이 물었다.

"무슨 일인가?"

"부산포에서 온 전문입니다."

"부산포에서?"

"미리견 화물선들이 도착했는데, 워싱턴 주재 공사관에서 외교 교섭을 벌인 결과를 보냈습니다. 군함 8척을 도입하기로 했다 합니다."

"군함이라고……?"

"예."

"이리 보여주게!"

소스라치게 놀라면서 관리가 건네주는 전문을 빼앗았다. 한장으로 간략하게 쓰인 전문이었다. 그 안에 미국에서 건조되는 군함 8척이 도입 된다는 내용이 쓰여 있었다. 이범진이 전문을 천천히 읽었다.

[부산 전신국 발신
미리견 주재 워싱턴 D.C 조선 공사 보고

전쟁이 끝남으로 인해 미국 정부가 전함 인수를 보류하여 건조 중인 해당 전함 8척을 전권공사의 권한으로 인수 결정했습니다. 따라서 내년 하반기에 조선군에 인도될 것입니다. 이에 관한 준비를 미리 해주시기 바랍니다.]

"……?!"

이범진의 눈두덩이 움찔했다.

계속해서 전문을 읽었고, 해당 전함의 크기가 배수량 15000톤이 넘는다는 것도 알게 됐다. 그게 어떤 군함인지 궁금해 유성혁에게 물었다.

"배수량이 15000톤이라고 하오. 이 정도면 어느 정도 수준의 전함이오?"

군함에 잘 아는 장성호가 대신 대답했다.

"일본과 청나라가 우리 서해 앞에서 해전을 치렀던 것을 기억하실 겁니다."

"아오."

"그때 청나라에서 가장 컸던 전함이 7000톤이 조금 넘습니다. 그리고 일본은 5000톤도 되지 못했습니다. 15000톤이 넘는 전함이면 실로 세계 수준입니다."

"맙소사 그런 전함을 어떻게… 민 공사가 조선을 파탄에 빠지게 만들려고…….."

"파탄하지 않습니다."

"어째서 말이오?"

"실은 외부대신이 잘 모르는 이야기가 있습니다. 그것은······."

장성호가 유성혁에게 눈짓을 줬다. 성혁이 고개를 끄덕이며 응접실 주위에 해병대 대원들을 세웠다. 그리고 사람들이 접근하지 못하도록 막았다.

밀실에서 밀담을 나누며 미국에서 어떤 일이 벌어지고 있는지를 알려줬다. 그리고 이범진이 크게 놀랐다.

"그런 일이···?! 정말로 미국에서 그런 일을 하고 있었던 거요?!"

"예. 외부대신. 그런데 목소리가 크십니다."

"미··· 미안하오··· 유과장이 미국에서 전하의 내탕금으로 사업을 벌였다니, 이제야 알았소. 대한로드쉽이 유과장의 회사였다니··· 맙소사······."

"대한은 삼한을 뜻하는 것입니다. 조선에서도 그것을 아는 사람들은 잘 없습니다. 미국은 당연히 더 모를 테고요. 그 외에도 미국의 많은 회사를 유과장이 소유하고 있습니다."

"시리우스 건설도 말이오?"

"필립제이슨도 유과장의 것입니다. 지금 미국이 조선을 돕는 데에는 이유가 있습니다. 그들 회사의 투자자가 미국의 유력 정치인들입니다."

"……."

"총리대신과 좌우부총리 대신께선 이미 그 사실을 알고 계십니다. 이제 외부대신께서도 그 사실을 우리의 외교적 유리함으로 쓰셔야 됩니다."

망치로 머릴 맞은 듯한 느낌이 들었다. 한동안 말없이 멍한 모습을 보이다가 생각을 정리하고 입꼬리를 강하게 끌어당겼다. 그리고 입을 크게 벌려 큰소리로 웃었다.

"크하하하! 하하!"

속이 뻥 뚫리는 듯한 느낌을 받으면서 기뻐했다.

"알겠소! 그렇게 하리다! 정말 호랑이 등에 날개를 단 격이로군! 이제 우리가 어떤 나라와 협력해야 되는지 알겠소!"

"그렇다고 너무 믿진 마십시오."

"알고 있소. 그저 공동의 이익으로 묶인 관계만 믿을 것이오. 그러면 이제 전하께 보고를 드리고 총리부와 논의해서 미국 공사관에 문의를 해봐야겠군. 나머지는 내게 맡기시오."

"건투를 빌겠습니다."

"참으로 수고했소."

필승의 전장을 만들어준 장성호와 천군에 대해서 고마움을 나타냈다. 외부에서 나간 이범진이 대궐로 가 이희에게 이를 보고했다. 그리고 이희는 조금 놀라면서도 차분한 어조로 군함을 인수하라고 말했다. 그 말에 이범진이 자신 또한 성한에 대해서 알고 있다고 말했다. 이희는 조선을 위해 성한의 신분을 숨겨야 한다고 말했고, 이범진은 유의하겠다고 답하면서 총리부로 향했다.

총리부에서 민영환이 전권으로 행한 일을 알렸다. 그리고 해군사관학교에 입교할 생도들을 미국으로 보내도록 미국 공사관에 문의하기로 했다. 총리부가 미국 공사를 외부로 불러들여 조선의 첫 해군 생도를 미국으로 보낼 수 있는지 물었다. 미국 공사관에서도 이범진과 비슷한 시기로 전함 인도에 관해 통보를 받은 상태였다. 조선의 국방력을 강화시킨다는 미국 정부의 지침마저도 내려와 있었다. 때문에 이범진의 보고를 거부할 이유가 없었다.

"생도들을 보내시오. 그리고 해군사관학교의 관계인들도 샌디에이고에 보내도 좋소. 그곳에서 훈련을 벌여 군함 운용을 익히고 조선을 지키시오. 조선의 이익이 곧 미국의 이익이오."

"고맙소."

실이 흔쾌히 수락했고, 이범진이 다시 이희와 총리들에게 보고했다.

며칠동안 해군사관학교 설립에 관한 기사가 신문에 실렸다. 그리고 첫 해군사관학교 생도들이 직접 미국에 가서 훈련을 받는다는 소식이 백성들에게 전해졌다.

한성일보와 광문일보를 든 백성들이 그에 관해 이야기하고 있었다.

"미리견이 우리 해군 생도들의 훈련을 지원하겠다는군. 직접 미리견에 가서 훈련을 받나봐."

"어째서 미리견이 우릴 돕는 거지?"

"피제손이라 불리는 미국 제약회사가 조선에 공장을 세우는데, 그 외에 다른 회사들도 공장을 세울 거라 미국이 우릴 돕는 것이라고 쓰여 있어. 이참에 미리견과 돈독한 관계를 유지해야 된다고 하네."

"쪽발이 놈들이 엄청 싫어하겠군."

"그러게 말이야. 빨리 군함을 도입해서 우리 바다를 지킬 수 있으면 좋겠어. 더 이상 외국 놈들의 배가 우리 앞바다에서 싸우는 일이 없었으면 좋겠어."

조선에서 벌어진 청나라와 일본의 전쟁을 기억했다. 서해 바다에서 두 나라 해군이 함포전을 벌였던 것을 기억하며, 더 이상 조선의 바다를 남의 나라 군함이 전쟁터로 삼지 않기를 바랐다.

그런 생각을 하며 기사를 차분히 읽었다.

"군함 8척을 사들인다는데?!"

"뭐? 진짜?"

"여길 봐! 미리견에서 우리 군함을 건조 중이고 생도들이 가서 훈련받을 거라고 쓰여 있어! 열강이 보유한 군함에 뒤지지 않을 군함이래!"

"와! 세상에! 어떻게 이런 일이! 거짓말 아냐? 이거?!"

신문에 실린 기사의 내용이 믿어지지 않았다. 불과 20여 년 전만 하더라도 미국과 강화도에서 포격을 주고받고 전쟁을 치렀던 사이다. 그런 미국에서 조선군을 위한 군함이 건조된다는 사실은 마치 천지개벽과 같은 일이었다.

반신반의로 기사를 보다가 그것이 현실이라는 것을 깨달았다.

"진짠가봐."

"우리에게도 당당한 해군이 생기는구나!"

"와하하!"

"조선군 만세!"

크게 기뻐하며 만세를 외치는 백성도 있었다. 그리고 백성들이 보는 신문이 한양을 떠날 준비를 하던 원세개에게도 전해졌다.

다음 날 제물포에서 청나라로 돌아갈 배를 타려고 했다. 며칠동안 한양에서 머문 후 떠나려고 할 때 수행원이 신문을 가지고 뛰어 들어왔다.

"대인!"

숙소에서 떠나려던 원세개가 마당에서 발걸음을 멈췄다.

"무슨 일인가?"

수행원이 급히 달려와서 보고했다.

"조선이 미리견으로부터 군함 8척을 도입하기로 했다 합니다! 미국에서 조선의 해군 생도가 교육받을 것이라고 합니다!"

"뭣이?!"

"여기 신문에 쓰여 있습니다!"

"이리 주게!"

수행원으로부터 받은 신문을 펼쳐 미국에서 군함을 도입한다는 소식과 생도들이 훈련받는다는 소식을 확인했다. 청나라의 국위를 드러내기 위해서 일부러 역관을 대동했지만 그는 조선말에 능통했다. 임오군란 이후 일본과 전쟁을 치르기 전까지 10년 가까이 조선에 머물면서 말과 글자를 배웠기 때문이다.

기사를 확인하고 원세개가 신문을 구겨서 내던졌다.

"불가능! 불가능이야! 조선에 무슨 돈이 있어서 8척이나 되는 군함을 도입해?!"

"하지만 사실입니다."

"거짓이다!"

"미국 공사관에서 나온 이야기입니다."

"뭐라고?!"

"미국 공사관에서 공표한 소식입니다. 그래서 거짓이 아니라… 진짜로……."

"그럴 리가! 미리견이 어째서 조선을…?!"

"저도 잘 모르겠습니다. 하지만 만약에 진짜라면 내년에 심각해지지 않겠습니까? 조선이 일본보다 강해질 수 있습니다."

"맙소사……."

"뭔가 대책을 세워야 할 것 같습니다. 대인."

"……."

현실을 받아들이고 인상을 굳혔다. 그리고 아쉬워야 할 조선이 어째서 당당하게 나왔는지 알 것 같았다. 군함 1척이 있으면 바로 훈련함으로 써서 훈련할 수 있었다. 그러나 그것이 불가하다면 몇 개월 시간을 들여서라도 미국에 생도들을 보내서 훈련시킬 수 있었다. 그 시간은 조선에 그리 중요하지 않았다.

군함 8척이 어느 정도의 군함인지 감이 잡히지 않았다. 그저 변수가 커져서 청나라에 위협이 될 수 있다는 생각을 했다. 빨리 돌아가서 정보를 모아야 했다.

"돌아가서 조선에 무슨 일이 일어나는지 파악해야겠어! 제물포로 가세!"

"예! 대인!"

마차를 타고 제물포로 향했다. 그리고 조선이 군함을 도입한다는 소식이 동양을 중심으로 세상에 알려지기 시작했다.

* * *

군부에서는 해군사관학교 개교에 관한 이야기가 오갔다. 총리인 박정양과 좌우부총리인 김홍집과 김인석, 군부대신인 안경수, 협판인 유성혁, 특무대신인 장성호가 함께하고 있었다.

해군사관학교를 어디에 세울 것인지 결론을 내렸다.

"여수가 적당하겠군. 지도를 보니 곶에 둘러싸여 있어서 내해와 같고, 파도가 얕으면서도 조금만 나가면 큰 바다가 되니 연안 훈련과 큰 해상의 훈련을 동시에 벌일 수 있을 것 같소. 더군다나 조선을 지키신 충무공의 주둔지였기도 하고 말이오. 이에 대해선 어찌 생각하오?"

김홍집의 의견에 김인석과 장성호가 동의했다.

"좋습니다."

"동기부여가 될 것 같습니다. 여수보다 좋은 곳은 없을 겁니다."

대답을 듣고 다시 김홍집이 말했다.

"허면 여수에 해군사관학교를 세우도록 하고 입교 시험을 준비해야겠소. 이것에 관해서는 군부대신과 군부협판이 맡아주시오. 나와 총리대신은 결재하고 전하께 보고하겠소."

"알겠소이다."

안경수가 고개를 끄덕였다. 그의 옆에 앉은 성혁은 김인석과 장성호와 눈빛을 주고받고 입을 열었다. 미리 세 사람이 논의했던 이야기가 있었다.

"시험을 통해 사람들을 뽑는 것도 뽑는 것이지만 기존의 자원을 쓰는 것도 방법인 것 같습니다."

"어떻게 말이오?"

박정양이 물었고 장성호가 대신 대답했다.

"육군에서도 자원을 받는 것이 어떻겠습니까? 물론 육군에서 무리가 가지 않는 선에서 장교와 부사관 지원을 받고, 관직을 그만둔 재야 지휘관도 다시 불러들여야 합니다. 만약 수전과 해전의 경험이 있다면 반드시 써야 합니다."

그 말을 듣고 안경수가 물었다.

"그런 인재가 있소? 조선에? 조선에서 군함을 운용한 지휘관은……."

"한명 있습니다."

"누구를 말이오?"

"전 삼도수군통제사 이원회입니다. 그리고 외국 상선사관으로 근무하는 사람들도 써야 합니다. 그들을 쓴다면 해군 훈련은 더 원활하게 이뤄질 겁니다."

이제는 폐지된 삼도수군통제사를 역임했던 지휘관이었

다. 삼도수군통제사는 임진년에 일본이 조선을 침략했을 때 해상에서 일본의 전선을 상대하기 위해 '충무공 이순신'이 연합함대를 이루면서 생겨난 하삼도(下三道)의 함대를 지휘하는 직책이었다. 그것은 실로 제독의 직책이었고, 해군이라 부를 수 있는 수군을 지휘한 경험의 증명이었다.

장성호가 이원회를 추천하자 김홍집이 고개를 끄덕였다. 그러나 안경수는 부정적인 의견을 나타냈다.

"나이가 적지 않소. 내가 알기로 칠순이 넘은 것으로 아오."

"하지만 정정하십니다. 그래서 몇 년 전에 양호순변사로 전하의 군사들을 통솔하지 않았습니까. 동학교도들을 상대로 이기기도 했고 말입니다. 조선 해군의 기틀을 잡는데에 있어서 적지 않은 역할을 해주실 것이라 믿습니다. 여쭤보고 정해도 늦지 않다고 생각합니다."

"거 참, 미국에도 가야 하는데……."

계속 부정적인 생각을 했다. 하지만 그 외에 나은 인사가 없었다. 안경수가 김홍집에게 물었다.

"좌부총리대신은 어찌 생각합니까? 나는 잘 모르겠습니다만."

"칠순이더라도 강건하다면 가능하지 않겠소? 물어보고 맡겨보시오."

"알겠습니다."

안경수가 성혁에게 지시했다.

"군부협판이 나서보게."

"예. 군부대신."

해군이라는 집을 짓기 위한 주춧돌을 놓기 시작했다. 기존의 수군지휘관이었던 사람들을 쓰기로 했다. 그로써 최초의 조선 해군이 탄생되려고 했다.

박정양이 회의를 정리했다.

"조선은 삼면이 바다고, 바다를 지켜야 나라를 지킬 수 있소. 미리견에서 우수한 군함이 오는 만큼 군함의 위력을 10분 이상 발휘할 수 있는 해군을 육성하는 것이오. 내년까지는 이에 전력을 다해야 하오."

"예. 총리대신."

"회의를 마치겠소."

총리부에서의 회의가 끝났다.

안경수는 군부로 돌아가 육군을 살피는 일을 했고, 김홍집은 총리부에 남아서 외교에 관한 일을 보기 시작했다. 그리고 박정양은 보고를 위해 직접 대궐로 향했다.

김인석과 장성호 유성혁이 회의실에 남아 잠깐 이야기를 나눴다. 그곳에서 나눈 이야기가 전부는 아니었다.

미국으로 갈 사람들이 더 있었다.

"몇 명 더 보내야겠군."

"우리 쪽에서 말입니까?"

"그래. 어차피 항해장과 기관장도 할 일이 없으니, 미국에 가서 전함의 상태를 확인하고 해군 육성에 힘쓰는 게 좋겠어. 그러면 더 빠르게 함정의 운용을 익힐 수 있으니까. 나중에 전하께 말씀드려야겠어."

허윤과 조선영, 김천 등의 인재가 남아 있었다. 환웅함의 승조원들로 하여금 해군사관학교의 교관으로 삼아 조선 해군의 기반으로 삼으면 좋을 것 같다는 생각을 했다. 보다 빠르게 정예 해군을 육성할 수 있다고 생각했다.

그로부터 열흘이 지나서였다. 환웅함에 승함했던 장교와 부사관들이 장성호의 집에 모였다.

통신기를 통해 장성호와 성한이 교신하고 있었다.

이 정도면 되겠습니까?

"될 것 같습니다. 그런데 정말 큰 전함이군요."

—영국의 드레드노트를 참고했습니다. 몇 년 뒤에 영국에서 진수될 최고의 전함을 말입니다. 하지만 엔진 출력은 우리가 더 강할 겁니다.

"인계되면 정말로 최강의 해군 전력을 조선이 갖추겠습니다."

—그래서 미리 운용법을 익히는 것이겠죠. 잘 준비해서 미국에서 뵙겠습니다.

"수고하셨습니다."

성한이 무전으로 인계될 전함에 대한 제원과 설계도를 보냈다. 엘리트폰으로 촬영된 사진이 파일이 되어서 장성호의 집의 컴퓨터로 보내졌다. 그리고 곧바로 설계도가 분석됐다. 3D 그래픽으로 전환되어서 육중한 선체를 지닌 전함으로 모습을 바꿨다.

홀로그램 영사기에 출력된 전함의 형태를 보면서 김인석이 턱을 만졌다.

"주포가 3문씩 3개의 포탑이군. 앞에 2개 뒤에 1개… 주포 사정거리가 얼마나 되지?"

"21km입니다."

"드레드노트는?"

"15km입니다."

"우리가 훨씬 앞서는군."

"하지만 미국 정치인들을 포함해 세상의 어떤 해군 전문가가 보더라도 그렇게 생각할 수 없을 겁니다. 드레드노트의 함포 구경은 12인치이지만 우리는 5인치 구경에 불과하니 말입니다. MK45 함포를 참고해 제작되었고 장약도 동일한 성분과 양으로 만들어지기에 우리 함포와 포탄이 훨씬 뛰어납니다. 만약 전투시스템까지 갖춰져 있다면 수랭식으로 포신을 제작해서 속사 사격을 가할 수도 있습니다. 장갑과 격실 구조 또한 이 시대에선 선진적인데다가 최고 속력은 측정해봐야 알 수 있지만 23노트로 추정된

다고 쓰여 있습니다. 고속 기동이 가능하기에 기동 전술로
적 함대를 상대해야 합니다. 충분히 일본과 청나라 함대를
상대할 수 있습니다."

장성호가 홀로그램을 터치하면서 건조되고 있는 신형 전
함의 상태를 살폈다. 전장은 135미터에 이르렀고 선폭은
23미터였다. 그리고 몇 년 후에 영국에서 건조되는 최강
의 전함이라할 수 있는 '드레드노트'의 축소 복사판이었
다. 도입되는 순간, 조선은 최강의 군함을 보유하게 된다.
그 능력을 발휘하기 위해서 환웅함의 승조원들이 능력을
발휘해야 했다.

여성 사관 중 한명인 갑판장인 강소이가 홀로그램을 터
치했다. 그러자 전함이 돌면서 함내 구조가 투시로 표시되
기 시작했다. 그리고 치마저고리를 입은 기관장인 조선영
이 터치했다. 그녀가 함 중앙에 위치한 엔진의 구조를 살
펴 어떤 엔진인지 판단한 뒤, 안경을 고쳐 쓰고 승조원들
에게 말했다.

"파슨스식 직렬 증기 터빈 엔진인데 좀 더 개량되어 있습
니다. 알고 있는 엔진이라서 정비하는 데에 큰 문제는 없
을 것 같습니다. 미국에 가기 전까지 전부 숙지할 수 있을
것 같습니다."

배우는 데에 있어서 가장 어려운 것이 엔진이었다. 기관
장인 조선영이 있다는 사실이 그토록 다행이라 여겨진 적

이 없었다. 전쟁이 나면 바다 복판에서도 고장 난 엔진을 고칠 수 있어야 했다. 그 일을 조선영이 책임질 것이라고 생각했다.

그리고 허윤이 홀로그램을 터치하자 주포의 내외 구조가 표시되었다.

"요놈을 잘 다뤄야겠군."

장성호가 명령을 내렸다.

"자네가 숙지토록 하게."

"예? 제가 말입니까?"

"그래. 내가 미국으로 갈 수 없으니 자네가 해야 하지 않겠나? 어차피 항해장이면 함장과 다를 바 없으니 기본적으로 알아야 할거야."

쩝 소리를 내면서 허윤이 대답했다.

"알겠습니다."

이후로 사관과 부사관을 가리지 않고 새 전함의 형태와 운용법을 확인했다. 모든 사람들이 대충이라도 확인하고 난 후에 김인석이 사람들을 주목시켰다.

"다들 확인했지?"

"예. 함장님."

"대한로드쉽에서 건조하고 있는 전함이 우리에겐 별것 아니지만 이 시대에선 최고의 전함이다. 향후 20년동안 주름잡을 수 있는 전함이니, 이 말은 곧 20년동안 조선의 바다가 평안해진다는 뜻이다. 새 전함의 위력이 충분히 발휘된다는 전제 하에 말이야. 그 전제를 너희들이 이루는 거다. 미국에 가기 전까지 새 전함의 정보를 숙지하고 운용법을 터득하라. 그리고 미국에 가서 위엄 있는 교관이 되는 거다. 우리가 조선 해군을 바로 세운다."

새로운 원리를 깨우치는 것보다 과거의 지식을 배우는 것이 훨씬 쉬웠다.

허윤과 조선영, 강소이를 비롯한 승조원들이 각자 소지한 엘리트폰에 새 전함의 정보가 든 파일을 담았다. 그리고 일어나면 밥을 먹고 쉴 새 없이 공부했다. 실습 없이 외우는 것이 지겨워 짜증을 부리면서도 계속 공부를 하며 미국으로 향할 때까지 기다렸다. 별일이 없으면 환웅함의 셔틀선을 사용하지 않으려고 했다.

* * *

승조원들이 새 전함의 운용법을 숙지하는 동안, 장성호는 유성혁과 함께 전임 삼도수군통제사가 있는 곳으로 향했다.

경기도 광주(廣州)에서였다.

초가집은 아니었지만 저택이라 하기엔 다소 허름한 집 앞 대문에서 양복을 입은 장성호와 성혁이 문고리를 두들

기고 서성였다. 안에서 반응이 없자 장성호가 목소리를 높여서 사람을 불렀다.

"계십니까?"

그때 뒤에서 인기척이 났다.

"뉘시오? 당신들은?"

선비복을 입은 노인 한명이 있었다. 그를 보고 장성호가 혹시나 하는 생각으로 물었다.

"혹, 전 삼도수군통제사 영감이십니까?"

"그렇소만?"

"처음 뵙겠습니다. 조선 특무대신 장성호라고 합니다. 그리고 이쪽은 군부협판 유성혁입니다. 통제사 영감을 뵈러 한양에서 왔습니다."

두 사람이 허리를 굽혀서 노인에게 인사했다. 노인은 이원회였고, 그는 장성호와 성혁의 관직을 듣고 놀란 듯했다. 이원회는 이내 황공스런 표정을 짓고 몸을 낮췄다.

"소문의 두분이셨군요. 저야말로 죄송합니다. 그리고 처음 뵙겠습니다."

백발 가득한 것치고는 온몸에서 생기가 흘러 넘쳤다. 그리고 자신보다 나이 어린 사람에게 예의 갖추기를 거부하지 않는 사람이었다.

이원회를 보고 장성호와 유성혁이 미소지었다. 다시 허리를 굽혀서 인사하고 눈을 맞추며 대문 앞에서 이야기를 나누었다. 이원회가 자신을 찾아온 이유에 대해서 두 사람에게 물었다.

"그런데 어째서 절 만나러 멀리까지 오셨습니까? 관직을 그만둔지 몇 해입니다."

장성호가 이유를 알렸다.

"혹시 신문을 보셨습니까?"

"신문을요?"

"나라에서 일어나는 일들을 담은 소식지입니다. 군부에서 해군을 창설하기로 했습니다. 그리하여 미리견에서 8척의 군함을 도입하기로 했는데, 아시다시피 조선은 거의 육군 위주로 전력이 갖춰져 있습니다. 삼도수군이 폐지되고 판옥선이 사라진 뒤로 조선의 바다를 지킬 군대가 없었지요. 그러나 이제는 아닙니다. 해군을 창설하기로 했고 조만간 해군사관학교를 통해 사관을 양성해낼 것입니다. 하지만 그래도 장교와 지휘관이 부족한 상태입니다. 8척의 군함을 모두 출항시키기 위해선 더 많은 장교와 지휘관이 필요합니다. 그래서 영감께 지휘관으로 복귀하셔 달라고 말씀드리기 위해서 찾아왔습니다. 부디 조선의 바다를 지켜주십시오."

"……."

"간청 드립니다."

"……."

장성호가 고개를 숙여서 부탁하자 성혁도 함께 고개를 숙이며 부탁했다.

　광주에 살며 해군이 창설된다는 이야기를 이웃 고을을 통해서 들었다. 그러나 8척의 군함은 이원회에게 금시초문이었다.

　하지만 그에게 있어서 그런 소식들은 그리 중요하지 않았다.

　"내 나이가 올해로 73세입니다. 내년에 죽을지 내일 죽을지 아니면 오늘 밤에 잠자다가 죽을지 알 수 없습니다. 그런 제가 군함을 어떻게 타겠습니까? 저보다 젊고 유능한 지휘관이 있을 겁니다."

　이원회의 대답에 이번에는 유성혁이 간청했다.

　"앞으로 더 유능해질 수 있는 지휘관들은 많습니다. 하지만 경험이 없습니다. 밭에 심어진 작물도 거름이 없으면 잘 생장할 수 없습니다. 저는 통제사 영감께서 앞으로 이 나라를 지킬 지휘관들을 위한 거름이 되어주시기를 바랍니다. 이 나라 해군의 기반이 되어주십시오. 간절히 부탁합니다."

　"……."

　"도와주십시오. 통제사 영감."

　그 말을 듣고 이원회가 고민하는 듯한 모습을 보였다. 한참을 서서 고민하다가 대문으로 걸어갔다.

"사흘 후에 답변을 드려도 되겠습니까? 생각을 해보겠습니다."

"알겠습니다. 관아에 이야기해둘 테니, 한양에서 뵙겠습니다!"

"……."

장성호와 유성혁이 함께 허리를 굽혔다. 이원회는 말없이 집으로 들어갔고 밤이 되기까지 고민에 고민을 거듭했다. 밤이 되자 어둠이 찾아왔다. 이원회가 머무는 사랑방 문 앞에 그림자가 졌다. 그의 아들이 아비를 찾아온 것이다.

"아버지. 윤재입니다."

"들어와라."

"예."

이원회가 방 안에 들어오라 말했고, 하얀 수염이 보이는 자식이 아비에게 허리를 굽히며 인사했다. 이원회가 고희를 넘긴 만큼 그의 자식도 지천명에 이르렀다. 그러나 보기에 불혹이라 할 수 있을 정도로 정정했다.

자식인 윤재가 이원회 앞에 차분히 앉아서 이야기했다.

"낮에 조정에서 사람들이 왔다 들었습니다."

"특무대신과 군부협판이더구나. 내게 해군 지휘관이 되어 달라 부탁하더구나."

"결정은 하셨는지요?"

"고민 중이다. 처음에는 내 나이를 생각해서라도 거절했는데, 나에게 거름이라도 되어달라고 부탁을 해서 고민이구나. 해군을 육성할 수 있는 장수나 지휘관이 없으니 말이야. 그래서 묻는 것인데 넌 어떻게 생각하느냐?"

"소자가 말씀입니까?"

"그래. 내 자식이 아니라 이 나라 조선의 백성으로서, 조선의 진사로서 어찌 생각하느냐? 내가 나라에 도움이 될 것 같으냐?"

이원회의 물음에 이윤재가 고민했다. 그리고 진지한 표정으로 대답했다.

"도움이 될 겁니다. 확실히 말입니다. 군함이 아니라 바다를 가르칠 수 있는 장수는 이 나라에서 오직 아버지 밖에 없습니다."

"……."

"자식이 아닌 조선의 식자로 말씀드리는 것입니다."

아들의 단호한 의견을 듣고 이원회가 고개를 끄덕였다. 그리고 다시 고민하다가 무겁게 입을 열었다.

나라를 위한 결정을 내렸다.

"한양에 다녀와야겠구나. 그리고 어쩌면 집에 돌아올 수 없을지도 모르겠다. 우리 가문을 잘 지키거라."

"예. 아버지."

사흘이라는 시간이 필요하지 않았다. 마음을 정하는 데

에는 반나절이면 충분했다.

장성호와 유성혁을 만난 다음 날, 이원회는 관아로 향했다. 그리고 한양에서 달려온 마차에 몸을 실었다. 한양에서 장성호와 유성혁을 다시 만났다.

군부 관아 회의실이었다. 이원회가 해군 지휘관으로 복귀하겠다는 뜻을 전했다. 그 답을 듣고 장성호가 기뻐했다.

"정말 감사합니다. 통제사 영감."

이원회의 손을 양손으로 감싸 어루만지면서 감격스러워했다. 그리고 그 마음을 이원회가 가슴으로 받아들였다.

자신이 조선에 절실하게 필요하다는 것을 알았다.

가슴을 채우는 감동을 진정시키고 앞으로 지휘할 해군에 대해서 알고자 했다.

"미리견에서 건조되는 군함이 조선에 인도된다고 들었습니다. 어떤 군함인지 알 수 있겠는지요?"

그 말을 듣고 장성호가 성혁에게 눈짓을 줬다. 성혁이 품에서 꺼낸 주머니를 이원회에게 건네줬고, 그 속에서 문서를 꺼낸 이원회가 펼쳐들면서 천천히 읽기 시작했다.

새 군함의 제원과 형태를 확인하고 이원회의 눈동자가 휘둥그레졌다.

"이런 군함이 조선에 8척이나 온단 말입니까?"

그 말을 듣고 성혁이 새 군함에 필요한 승조원이 많다고 말했다.

"보셨다시피 조선군에 인도 될 전함은 배수량만 15000
톤이 넘습니다. 옛 수군의 판옥선이 200톤, 일본과 전쟁
을 치렀던 청나라 철갑함의 배수량은 7000톤가량입니다.
그러면 우리 전함이 얼마나 큰지 아실 겁니다. 때문에 많
은 승조원들이 필요하고 특히 장교와 부사관의 정예도가
높아야 합니다. 그래서 통제사 영감을 도울 수 있는 장교
를 미리 추렸습니다. 이들이라면 영감을 잘 보좌해줄 것입
니다."

성혁이 차출 된 장교의 이름이 쓰인 명단을 건넸다. 명단
에는 '이동휘, 이범윤, 유동열, 김학소, 민종식' 등의 이름
이 쓰여 있었다. 육군에서 차출된 장교와 부사관의 이름이
라는 사실을 성혁이 알려줬다. 또한 명단에는 일본 상선에
서 사관으로 일하는 '신순성'이라는 이름도 쓰여 있었다.

이원회의 눈동자가 떨렸다.

나라를 위해 해군 지휘관으로 복귀하고자 마음먹었지
만, 엄청난 부담감에 그 마음이 크게 흔들리기 시작했다.
이원회는 자신의 부담을 성혁과 장성호에게 토로했다.

"이렇게 큰 전함일 줄은 몰랐습니다. 물론 제가 저의 경
험과 지혜를 전수하겠지만 엄연히 지휘관인 만큼 이 전함
을 제대로 운용할 수 있어야 한다고 생각합니다. 그런데
제가 이 전함을 제대로 지휘할 수 있을지 모르겠습니다.

그래서 걱정입니다."

그 말을 듣고 장성호가 대답하려 했다. 그때 회의실 문 앞에서 인기척이 일어났다. 세 사람의 고개가 돌아갔고 안으로 들어오는 특별한 사람을 보게 됐다.

그는 이희였다.

"전하."

두 사람이 동시에 고개를 숙이며 목례했다. 이희가 고개를 끄덕이며 인사를 받아줬고, 나라를 위해 해군 지휘관으로 복귀한 이원회에게 시선을 돌렸다.

무릎을 꿇은 이원회가 이희를 상대로 부복하면서 예를 표했다. 궁내부 관리의 손을 뿌리치고 이희가 직접 이원회의 팔을 붙들었다. 그리고 그를 일으켜 세웠다.

"전하……."

"과인과 백성들을 위해 노신을 이끌고 한양에 왔다는 소식을 들었다."

"바로 전하께 인사드리지 못한 것을 용서하소서. 어떤 관직도 수행하지 못하는 신이 입궐할 수 없었사옵니다. 이제 관직을 받아 전하께 인사를 드리려고 했습니다. 송구합니다."

"아니다. 그리고 알고 있다. 그러니 언제든 과인을 만나기 위해 입궐하라. 그리고 연로한 경을 편하게 해주지 못한 과인을 용서하라."

"전하……."

이원회의 손을 어루만졌다.

고희를 넘긴 나이로 군함을 타고 바다로 나가겠다고 하는 충신이 있었다. 그런 충신이 대궐에 찾아오기까지 기다릴 수 없었다. 친히 군부로 향해 그를 만나야 하는 것이 마땅한 일이라 생각했다.

그 말을 듣고 이원회가 감동을 받았고, 이희는 광주에서 한양으로 와준 이원회에 고마움을 느꼈다. 그리고 그가 부담을 느끼고 있는 것을 이희 또한 알고 있었다.

"새 군함을 운용하기가 어려울 것 같은가?"

"예. 전하……."

"그럴 테지. 새로운 군함이니 당연히 항해술도 잘 모를 수 있다 생각한다. 그러나 걱정하지 마라. 경을 보좌해줄 장교들과 부사관 외에 경을 도와줄 수 있는 무리가 짐에게 있다. 그들이 경을 해군 제독으로 만들어줄 것이다."

이희가 이원회에게 그를 도울 수 있는 사람들이 있음을 알려줬다.

그 말을 듣고 이원회가 물었다.

"그들이 누구입니까? 전하?"

그리고 이희가 대답했다.

"천군이다. 천군이 경을 도울 것이다."

조선의 바다를 지키기 위해 환웅함의 승조원들이 나섰다. 살아남기 위해 조선과 운명을 같이 하며 과거의 시간에 물들기 시작했다.

한해가 다시 흘러 1899년이 되었다.

범부의 길을 열다

을미년(乙未年)이었다.

일본이 왕후 암살 시도를 벌였다는 사실에 온 백성이 분개하며 일본에 원성을 쏟아냈다. 그때 한 백성이 누구보다 크게 분노하면서 일본 정부를 심판해야 된다는 사람들에게 주장했다.

그는 듬직한 체격을 가지고 얼굴에 곰보 자국이 있는 사람이었다.

"민씨 가문이 아무리 많은 악행을 저질렀다 해도 그들을 심판하는 것은 조선 백성이 되어야 하오! 그런데 어찌 감히 일본이 우리 일에 간섭하고 그들의 목적을 위해서 한 나라의 국모를 암살하려 할 수 있단 말이오! 응당 일본을 심판하고, 어떤 일이 있어도 그들에게 동조해서는 아니 되오! 설령 역적을 징벌하는 데에 일본의 힘이 필요하더라도, 역적을 살렸으면 살렸지, 절대 일본의 힘을 빌려서는 아니 되오! 그들의 힘을 빌리는 건 그들에게 이 나라를 바치는 일과 같음이오!"

"옳소!"

백성들이 한 남자에게 동조했다. 그 남자는 주먹을 불끈 쥐면서 평등사상보다 나라를 먼저 위했다. 더 큰 대의를 위해서 작은 대의를 내려놓고 심기를 굳건하게 가졌다.

그리고 일본을 징벌하는 하늘의 뜻을 확인했다.

치열한 외교전을 벌이던 조선이 일본을 상대로 승리했다는 소식을 들었다. 남자가 주먹을 불끈 쥐면서 백성들 사이에서 외쳤다.

"이겼다! 우리나라가 일본을 상대로 이겼구나! 크하하하!"

가슴에서 터져나오는 감정을 절대 숨기지 않는 열정적인 사람이었다. 때문에 실수도 많고 가시밭길을 참고 걸을 수 있는 위인이었다.

또한 백성을 위해서 무엇이든지 할 수 있는 위인이었다. 그러나 시간이 지날수록 그가 나라와 백성들을 위해서 할 수 있는 일들이 줄어들었다.

영웅은 난세에 더욱 빛을 내는 법이었다.

그릇된 정치로 백성들이 해를 입는 것이 더 이상 나라에서 용납되지 않았다. 과도기에 놓였던 제도와 정책이 자리를 잡게 되면서 본격적으로 부패한 관리를 색출하고 처벌하기 시작했다. 그리고 친일파라 알려졌던 위인들이 앞장서서 역적을 소탕하고 백성들의 지지를 얻었다.

남자에게 있어서는 참으로 안심되는 일이었다. 그리고 가슴에서 불꽃이 꺼지는 일이었다.

그는 평범한 백성처럼 살기 위해 마음먹고 당당한 강국이 되려는 조국을 건설하기 시작했다. 먼저 남강건설에 취직하여 경강에서 철교를 건설하는 일에 참여했다.

하루는 공사장에 조정의 높은 관리와 대신들이 방문했다. 일을 하다가 잠시 중단한 뒤, 인부들과 함께 공사장을 방문한 사람의 얼굴을 봤다. 공사장을 방문한 사람은 장성호였다.

장성호가 유일하게 한 인부에게만 이름을 물었다.

"존함이 어찌됩니까?"

인부가 조금 당황하면 대답했다.

"김창수입니다, 특무대신. 소인의 이름을 하문해주셔서 영광입니다."

창수가 고개를 숙이면서 인사했다. 그를 보는 장성호의 얼굴에서 미소가 지워지지 않았다.

장성호의 자신에게 미소가 향해 있다는 것을 알고 김창수가 그 이유를 몰라 눈을 아래로 깔고 있을 때, 장성호가 김창수의 가슴에 불을 지폈다.

틀어진 그의 사명을 바로 잡으려고 했다.

"나라를 위하는 일에 경중이 어디 있겠습니까. 다만 음식에 맛을 내는 데에도 소금이 맡은 역할이 있고 물엿이 내는 단맛이 있습니다. 소금으로 단맛을 낸다는 것은 있을 수 없는 일이지요. 그렇지 않습니까?"

"무슨 말씀이신지……."

"조만간에 신문이나 방문으로 나라를 지킬 사람들을 모을 겁니다. 단맛을 내기 위한 소금이 되지 말고, 정말로 이 나라를 위한 빛과 소금이 되어 주십시오. 그 길을 제가 열어드리겠습니다."

"……."

"다음에 뵐 수 있었으면 좋겠습니다."

그때만 하더라도 그 말이 무슨 의미인지 몰랐다. 특무대신과 이야기를 나누고 악수했다는 영광으로 가슴을 채우며 하루 일을 마쳤다. 그리고 한달이 지나서였다.

조선에 해군이 창설된다는 소식을 신문으로 접했다.

백성들이 해군사관학교 입교 시험과 수업에 관한 기사를 읽고 서로 이야기했다. 목소리에 흥분된 감정이 실려 있었다. 백성들은 바다 건너 미국으로 갈 수 있다는 사실에 주목했다.

"사관학교 입교 시험에 합격해서 생도가 되면 미국으로 가서 군함을 탈 수 있다고 하는데?"

"와, 그러면 조선 말고 다른 나라에 갈 수 있는 거야?"

"그래. 나라를 지키는 장교도 되고 서양에 유람도 떠날 수 있는 거야! 되든 안 되든 난 지원해볼 거야!"

"나도 지원해야겠어!"

미국으로 갈 수 있다는 사실이 백성들을 술렁이게 만들었다. 그리고 전국 관아에서 입교 시험 지원을 접수받기 시작하자 그 줄이 끝없이 이어지면서 나라를 지키겠다는 사명과 미국에 가볼 수 있다는 바람이 한곳에 뒤섞였다.

창수가 관아에 들어가서 호패를 꺼내 보였다.

"김창수입니다. 24세입니다. 조선을 위해서 목숨 바쳐서 이바지하고 싶습니다."

호패와 호적을 확인한 관리가 이맛살을 찌푸렸다.

"동학교도였군."

"예. 하지만 그것과 상관없이 지원할 수 있다고 들었습니다. 절 사면해주신 전하께 보은해드리고 싶습니다."

관리가 창수를 노려봤다. 그러나 그의 진심을 오도할 권한은 없었다.

이내 지원서를 받고 관아의 인장을 찍었다.

"안으로 들어가서 체력 시험을 치르시오."

"예. 나으리."

당당한 걸음으로 관아에 들어갔다. 그는 팔굽혀펴기의 개수를 측정하고, 쌀 10말을 들 수 있는지 시험을 치렀다. 그리고 어떤 생각으로 해군사관학교에 입교하려는지 이유를 쓰고, 자기소개서를 썼다. 또한 어느 정도의 지식과 식견을 가지고 있는지 논술 문제를 풀었다.

마땅히 생각하는 바를 썼고 흔들림 없는 의지를 답으로 제출했다. 그리고 합격자 발표가 이뤄지기를 기다렸다.

한성군 관아 게시판에 명단이 붙고 앞으로 백성들이 모였다. 자신의 이름을 찾던 백성들이 탄식을 터트리면서 불합격의 쓴 잔을 마시게 됐다. 그리고 합격자가 주먹을 불끈 쥐었다. 합격자들은 기뻐하면서 환호했고 벌써 장교가 되었다는 생각에 펄쩍 뛰었다.

명단 앞에는 창수도 서 있었다.

"합격했다……."

실감이 가지 않았다.

관직에 나가기 위해 시험을 치렀다가 부정부패로 출사의 꿈을 접고 투쟁에 나섰던 순간을 기억했다.

정의를 회복한 조선의 현실을 확인하고 기뻐했다.

"감사합니다! 참으로 감사합니다! 성은이 망극하옵니다! 전하!"

대궐이 있는 곳을 향해서 김창수가 절을 올렸다. 그를 따라 멈칫했던 다른 합격자들도 감격하며 대궐을 향해 절을 올렸다.

해군사관학교에 입교할 첫 생도들이 정해지고 그 명단이 유성혁과 안경수의 손을 거쳐서 장성호의 손에 쥐어지게 됐다.

총리부 회의실에서였다. 해병대 대원들이 회의실을 지키는 가운데, 장성호가 합격자 명단의 이름을 확인했다. 그 안에 김창수의 이름이 담겨 있었다.

"역시, 합격했군."

"그래서 저도 괜히 기쁩니다."

"솔직히, 해군 장교가 되지 않으려 했다면 직접 찾아가서 다른 일을 맡겨보려고도 했어. 그런데 이렇게 해군 지휘관이 된다면 그 나름대로의 의미가 있을 거야. 조선을 구한 백범이니까. 임시정부의 주석으로 무장 항일 투쟁을 이끄신 분이니까. 그분뿐 아니라 이 나라를 지키신 분들을 잘못 된 길로 가지 않도록 만들어야 해."

미래는 모를 일이었다. 더욱이 역사가 바뀐 상황에서의 미래는 더욱 그랬다.

조선을 독립시키기 위해, 대한민국을 세우기 위해 애썼던 독립운동가들에게 길을 열어줬다. 그들로부터 은혜를 입은 후손으로서 마땅히 해야 할 일이라고 생각했다.

나라를 잃었을 때 의병장이 되는 수많은 범인(凡人)이 있었다. 그중 한 사람이 김창수였고, 그는 후에 백범(白凡)이라는 호를 쓰게 될 위인이었다. 조선이 일본의 손아귀에서 벗어나면서 그들의 운명도 일그러지게 됐다. 장성호와 유성혁을 비롯한 환웅함의 사람들은 그들을 조선을 지키는 수호신으로 만들려고 했다.

세상이 영웅을 낳는 것이 아니라, 미래의 지혜와 경험으로 나라와 백성을 위한 영웅을 육성하려고 했다.

태어났을 때부터 받아왔던 교육으로 발휘되는 기질도 있었다. 한 사람의 이름이 장성호의 시선을 주목 시켰다.

"이강……."

성혁이 명단의 이름을 보면서 말했다.

"의친왕입니다. 대한제국이 예정대로 건국되었다면 말입니다. 그러나 독립운동가가 될 수밖에 없는 성품이 여기에 있습니다. 역사가 바뀌어도 나라와 백성을 위해서 무엇이라도 하실 분입니다. 조선을 위한 명제독이 되실 겁니다."

대한제국이 무너지고 대한민국의 평민이 될지언정 일본의 친왕이 되지 않겠다고 말한 사람이 있었다. 고종으로 알려지는 이희의 자식인 이강은 나라를 잃고 독립운동가가 되어 항일 투쟁을 벌이는 인생을 살아야 했다. 그러나 운명이 바뀌었고, 그 인생의 열정은 다른 곳에 크게 쓰이기 시작했다.

선비 복장을 한 채 그 누구도 모르게 시험에 지원하고 합격까지 이뤄냈다. 그 결과를 이제는 알려야 했다. 약관을 조금 넘긴 젊은 왕자가 관복을 입은 모습으로 대궐에 입궐했다. 그리고 협길당에서 아버지인 이희를 만났다.

 이강의 이야기를 들은 이희가 조금 놀란 표정을 지으면서 물었다.

 손에 들린 찻잔의 찻물이 흔들리고 있었다.

 "해군사관학교 입교 시험에 합격했다고?"

 "예. 아바마마."

 "네 어찌 시험을 치는 사실을 미리 아비에게 알리지 않았더냐?"

 "두려웠기 때문입니다."

 "무엇이?"

 "소자의 입대를 막으실 수 있다는 두려움입니다. 물론 지금도 그 두려움을 가지고 있습니다. 소자, 군에 입대해서 나라와 백성을 위해 힘쓰고 싶습니다. 부디 허락해주십시오. 아바마마."

 "……."

 "간청 드립니다."

 이강이 아비에게 부복하면서 간절히 부탁했다. 그런 자식의 모습을 내려다보는 이희는 입을 다문 채로 쉽게 대답하지 못했다. 그리고 자식에게 말했다.

"예부터 조선에서 왕자는 군역을 치르지 않는다. 그리고 지금은 보통의 백성들도 군역을 치르지 않는다. 원해서 군인이 되어 녹을 먹고 싶은 자가 군역을 치른다. 그런데 굳이 군인이 되겠다고 하니 아비의 상심이 크구나. 꼭 장교가 되어야겠느냐?"

이희의 물음에 이강이 목에 힘 줘서 대답했다.

"서양이 조선과 청나라보다 강한 이유는 그들의 문명이 뛰어나서가 아닙니다. 소자, 그들 나라들의 황실과 왕실이 먼저 나서서 전장으로 달려가기 때문이라 생각합니다. 영길리만 보더라도 왕자는 장교로 입대해 전장에서 누구보다 맨 앞에 서서 돌격합니다. 그런 나라가 천년대계 만년대계를 이룰 텐데, 어찌 소자가 왕자라는 이유로 집에 가만히 머물며 안위를 도모하겠습니까? 마땅히 백성들과 함께 전장으로 향해야 된다 생각합니다. 그리고 해군이 되어 만국의 상황을 확인하겠습니다. 허락해주십시오. 아바마마."

다시 이강이 이희에게 간청했다.

자식의 이야기를 듣고 이희는 더 이상 반대할 명분을 잃었다. 그는 한숨을 쉬며 힘들게 청을 받아들였다.

"이미 합격한 상태에서 아비의 허락을 구할 필요가 또 있겠느냐. 그저 네 뜻이 그러하니 나라와 백성을 위해 힘 쓰거라. 왕실의 명예를 드높이고 전장에서 절대 물러서지 말아야 한다.

"예. 아바마마."

"네게 그저 이 나라의 천행이 함께하길 소원한다. 훈련을 받는 동안에 강건하거라. 그것이 아비의 바람이다. 부디, 무사히 훈련을 받고 돌아와서 보자꾸나."

1899년 봄이었다.

부산포에서 미국으로 떠나는 해군 사관생도들과 교관들이 모였다. 허윤과 조선영, 김천, 강소이 등이 정렬해서 서 있었고, 그 뒤로 환웅함의 승조원들이 검은 제복을 입고 서 있었다.

500명가량 되는 생도들이 오와 열을 맞춰 중앙에 서 있었다. 가장 앞에 선 사람은 이원회였고, 그 뒤로 육군에서 해군으로 병과를 옮긴 장교들이 섰다. 이동휘, 이범윤을 비롯한 장교들은 뒤에 서 있는 생도의 존재에 신경을 쓰고 있었다. 그는 범상치 않은 신분을 가진 자였다.

눈빛이 또렷하고 얼굴 또한 잘생긴 청년이었다. 그리고 보빙사로 세상의 문물을 배우고 식견을 넓힌 현인이었다.

의화군을 보고 장병들은 왕실에서 솔선수범하고 있다고 생각했다.

그리고 단상을 우러러봤다.

수천수만에 이르는 백성들이 항구 주위와 산을 메우면서 귀인이 나타나기를 기다렸다. 잠시 후, 항구 주위의 백성들이 함성을 질렀다.

산에 오른 아이들이 고함을 치면서 검지를 들었다.

"전하다!"

"전하께서 부산포에 오셨어!"

"와아아~! 만세! 만세! 만세!"

만세로 바다와 하늘이 크게 떨렸다. 단상 위로 이희가 올라 부산항의 풍경을 살폈다. 그리고 앞에 줄 맞춰 서 있는 교관들과 생도들을 봤다. 미리 부산에 와서 준비하고 있던 장성호가 이희에게 목례를 했다. 그 뒤로 박정양과 김홍집을 비롯한 대신들이 서 있었다.

왕이 친히 행차함에 모든 사람들이 몸 둘 바를 몰랐다.

"한양에서 부산포까지 천리 길입니다. 어찌 이 먼 곳까지 행차하셨습니까? 전하의 옥체가 상할까 심히 염려됩니다."

"조선을 지킬 과인의 군사들이다. 또한 나라와 백성을 지킬 영웅들이다. 저들이 이역만리 너머를 도해해 미리견으로 향하는데, 어찌 천리 길을 마다하고 도성에 남아 대궐만 지키고 있겠는가? 마땅히 찾아와서 환송해야 할 것이다."

"교관과 생도들이 전하의 어심에 감동하실 겁니다. 성은이 망극하옵니다. 전하."

예정에 없던 일이었다. 이희 대신 김홍집이 이희의 첩지를 읽으려 했다. 그러나 그 첩지는 더 이상 의미가 없었다.

제복을 입은 김창수가 고개를 들어 단상을 쳐다봤고, 환송을 위해서 온 이희를 보고 감동을 받았다. 그리고 그뿐 아니라 많은 모든 생도들이 감동받았다. 아직 철도가 완공되지 않았기에 부산으로 오는 동안 얼마나 큰 고생을 했을지 알고 있었기 때문이다.

이희는 단상 위 중앙에 섰다. 그리고 대신들에게 말해 술렁이는 백성들을 침묵시켰다. 아니, 만민이 이희가 전하는 이야기를 듣고자 침묵했다.

하늘과 바다가 고요해진 가운데, 이희가 숨을 고르고 묵직하게 입을 열었다. 근엄한 목소리로 생도들에게 외쳤다.

조선을 지켰던 위인의 이야기를 전했다.

"이 나라를 지키기 위해 들고 일어선 생도들은 들어라! 세상이 조선을 탐하고, 제국 열강이 이리떼처럼 만민을 노리고 있는 이 시대에서! 한 목숨 바쳐서 나라와 왕실을 지키고자 하는 제군들이 있다는 사실에 과인과 왕실은 물론이거니와 조선 백성 모두가 평안하며 안식할 수 있음이라! 이제, 태평양이라 불리는 큰 바다를 건너 이역만리 너머 미리견에 이르러 훈련을 받고 다시 올 것인즉, 제군들은 기억하라! 이 바다에 영면한 수많은 영웅들을 기억하라! 왜적을 상대로 싸우다 전사했던 충무공과 노비로 전사하여 봉분조차 없이 저 바다에 잠든 영웅을 기억하라! 제군은 마땅히 그들과 같은 영웅이 되어서 만대 후손을 이루고 이 나라의 내일을 지킬 것이다! 지키고자 하는 식구와 가문을 지킬 것이다! 생즉사, 사즉생의 결의로 나아가라! 왕립 해군사관학교 생도들에게 천행이 있기를 기원하노라!"

"와아아아~!"

"만세! 만세! 만세!"

"대조선국! 주상 전하 만세!"

벼락같은 함성이 울려퍼졌다.

사관생도들은 눈물을 흘리면서 부들부들 떨었고, 그들이 느끼는 감정이 그대로 교관들에게 전해졌다.

허윤이 코를 훌쩍거렸다.

"괜히 시큰하네."

제복을 입기 위해 단발한 이원회가 머리에 쓴 군모 앞으로 손날을 붙였다.

"충성!"

이희에게 경례를 하고 돌아서서 크게 외쳤다.

"승선하라!"

"와아아아아~!"

백성들이 함성을 지르면서 이들을 환송했다. 이범윤과 이동휘를 비롯한 장교들이 돌아서서 생도들을 이끌기 시작했다. '우사'호에 승선하기 전에 백성들 앞을 지나가면서 마지막 인사를 했다.

창수 역시 생도들과 함께 행진하고 있었다. 그때 가슴을 녹이는 목소리가 울려퍼졌다.

언제나 자신을 걱정해주는 유일한 사람이었다.

"창수야!"

"어머니……?"

"창수야! 여기 있다! 어미다! 꼭 무사히 다녀와야 한다!"

"예! 어머니! 아버지! 돌아올 때까지 강건하세요! 소자, 다녀오겠습니다!"

한양에서의 일을 마치고 해주 고향으로 돌아가 부모님께 인사를 드렸다. 큰절을 올리면서 키워주신 은혜에 대한 감사의 뜻을 전했다. 그리고 부산포에 왔다. 설마 부모님이 부산포에 와서 마저 배웅해줄 것이라고는 생각하지 못했다.

창수가 눈물을 닦으며 우사호에 승선했다. 그리고 갑판 위에 섰다.

기적이 크게 울려퍼졌다. 이원회가 화물선 갑판에 선 생도와 장병들에게 명령했다.

"총원, 차렷! 경례!"

척 하는 소리와 함께 전원 거수경례를 했다. 3일동안 배운 예식이었지만 생도들과 장병들은 실수하지 않고 마지막까지 멋진 모습을 보였다. 군모 앞으로 손날을 붙이면서 멀어지는 조선을 향해 마지막 인사를 했다. 그리고 손을 내렸다. 한달이 넘는 긴 항해가 시작되었다.

멀어지는 화물선을 보면서 이희가 쉽게 시선을 떼지 못했다.

"걱정되십니까?"

"……."

"당당히 훈련받고 돌아오실 겁니다. 그러니 마음을 놓으셔도 됩니다."

장성호의 이야기를 듣고 이희가 깊게 숨을 몰아쉬었다.

"부끄러운 일이지만 백성들의 마음을 조금 알 것 같다. 과인이 이 정도로 불안한데 백성들은 또 얼마나 불안하겠는가? 그 마음을 이제야 알게 되었다는 사실이 참으로 부끄럽다. 이제 왕실이 먼저 나서서 군 복무를 이룰 것이다."

솔선수범의 의지를 확인하고 장성호가 감격한 마음을 나타냈다.

"백성들이 전하의 치세가 이어지기를 원할 겁니다. 성은이 망극하옵니다. 전하."

의화군 이강이 장교가 되기 위해 화물선에 승선했다. 장교든 병사든 전쟁이 나면 목숨을 걸어야 했고, 이희는 평범한 백성들처럼 한 자식의 아비가 되어 자식이 무사히 돌아오기를 소망했다.

    *   *   *

  부산포를 떠난 화물선이 요코스카에 이르러 보급을 받았다. 그리고 샌디에이고를 향해서 다시 항해하기 시작했다. 그 화물선에 미국에서 훈련을 받기로 한 조선군들이 타고 있다는 것을 일본 정부가 파악했다.

  외무대신인 사이온지가 태정관에서 야마가타에게 그 사실을 보고했다.

  보고를 받은 야마가타는 미간을 찌푸렸다.

  "미국에서 조선 해군사관 생도가 훈련받을 수 있도록 입국을 허락해주다니. 어찌 우리에게 이리 뒤통수를 칠 수 있단 말인가?"

  "조선이 해군을 키우면 첫번째 목표는 우리 일본이오. 놈들이 군함 8척을 미국으로부터 인도받기로 했다 하오. 마침 군함의 정보가 어느 정도 확보되었소. 여기 문서로 종합했으니 보시오."

  군함 8척에 관한 정보를 일본 외무성에서 확보해 종합했다. 사진이나 그림 없이 조선과 미국 공사관을 통해서 흘러나오는 이야기를 토대로 제원 수치를 문서에 기록하한 것을 사이온지가 야마가타에게 넘겨줬다. 그리고 그 문서를 야마가타가 받아서 천천히 읽어 내렸다.

야마가타가 눈을 키우며 놀란 표정을 지었다.

"사실이오…? 이런 군함을 인도 받는다는 게……?"

"그렇소."

"5인치 구경의 주포가 총 9문에 배수량이 15000톤이라
니…! 미국이 미쳤군! 조선은 또 무슨 돈이 있어서 이런 군
함을 사들인단 말이오?! 우리 일본도 힘든 일이오, 이것
은!"

"……."

"말도 안 돼……!"

주포 구경이 그리 큰 군함은 아니었다. 그러나 총 9문의
주포는 적은 수가 아니었다. 그리고 1만 5천톤에 이르는
함체 역시 결코 작은 크기가 아니었다.

야마가타는 조선이 군함을 보유하게 되는 것을 경계하고
있었다.

이에 사이온지가 계속 정보를 추적하고 있다고 답했다.

"이노우에 공을 통해서 알아보고 있소. 또한 미국에서
정보를 모으고 있으니 기다려보시오. 뭔가 소식이 올 것이
오. 이토 공도 나름 총리대신을 돕고 있소. 우리에겐 시간
이 필요하오."

일본의 첩보력을 총 동원하고 있었다. 조선과 미국의 연
결고리가 있을 것 같았다. 그리고 그 고리를 찾는 일에 전
임 조선 주재 공사였던 이노우에가 힘쓰고 있었다. 또한

민자영을 암살 시도 했던 이토 히로부미도 정적이라는 사실을 뒤로하고 야마가타를 도와주고 있었다. 그는 현양사를 세우는 데에 크게 일조했던 인물이었다.

현양사는 극우 일본인들의 연합이자 해외에서 첩보를 모아 일본 정부를 지원하는 유령 같은 모임이었다.

조선과 미국에서 하루 빨리 첩보가 오기를 기다렸다.

그렇게 기다리며 일본을 건설하는 일에 매진하고자 했다. 사이온지가 야마가타의 집무실에서 나가려 할 때였다.

문 밖에서 야마가타의 비서가 사람이 왔다는 사실을 알렸다. 그는 현양사의 수장이었다.

"총리대신. 이노우에 공께서 오셨습니다."

"이노우에가? 안으로 들라 하시게."

"예. 총리대신."

끼익 하면서 문이 열렸다. 그러자 이노우에가 들어와서 고개를 숙이며 총리대신이라는 직책에 대해 인사했다. 진중한 표정을 지은 그의 얼굴을 보고 야마가타가 물었다.

"유성한을 찾았나보군."

이노우에가 담담하게 대답했다.

"그렇소."

"어디에 있소?"

"뉴욕과 워싱턴 D.C, 디트로이트와 샌디에이고에서였

소. 그런데 문제가 조금 심각하오. 놈이 오가는 곳이 지금 정세와 관련된 곳이오. 필립제이슨을 오가는 것을 확인했소."

이노우에의 대답을 듣고 야마가타가 눈두덩이에 힘을 줬다. 조선에 공장을 짓는 회사가 필립제이슨이라는 것을 알고 있었다. 그리고 그 회사의 사장이 조선계 미국인이라는 것을 알고 있었다.

그 정도는 짐작하던 것이다. 그러나 그 뒤로 예상하지 못한 이야기들이 나왔다.

이노우에가 굳은 표정으로 성한에 대해서 말했다.

"포드모터스를 오간 것도 확인했소."

"포드모터스라고 말이오?"

"그렇소. 거기에 대한로드쉽과 시리우스 건설, US오일을 포함한 US그룹까지 말이오. 전부 조선을 돕기로 한 회사들이오. 그들 회사에 유성한이 오간 것을 확인했소. 아무래도 놈이 미국 기업을 상대로 로비를 벌이는 것 같소."

이노우에의 이야기를 듣고 야마가타가 기막히다는 듯 코웃음을 쳤다.

"로비? 무슨 돈이 있어서 로비를 한단 말이오?"

그의 말에 이노우에가 로비 자금의 출처를 말했다.

"돈으로만 로비를 펼치는 것은 아니오. 조선의 광산을 팔아서 얼마든지 미국 회사를 상대로 장사할 수 있소. 뒷

거래로 말이오. 그런 것을 생각하면 지금 상황에 대한 설명이 가능하오."

설명을 듣고 야마가타가 주먹을 불끈 쥐었다.

성한으로 인해 일본이 앞으로 어떤 일을 겪게 될지 걱정이 되었다.

야마가타가 저음으로 두 사람에게 말했다.

"놈을 그대로 두면 대일본제국의 미래가 어둡겠군."

이노우에가 그의 의견에 동의했다. 동시에 성한을 죽여야 하는 당위성을 말했다.

"그가 미국에서 중심을 이루고 있소. 함께 미국으로 건너간 무리들이 일부 있지만 그들의 역할에는 제한이 걸려 있소. 오직 유성한, 그자만 자유롭게 미국 회사들을 오가고 있소. 만약 유성한을 죽인다면 미국으로 향한 조선인들은 지리멸렬할 것이오. 그리고 미국으로부터 지원을 얻고자 하는 조선의 계획을 크게 방해할 수 있소. 더 늦기 전에 그를 죽여야 하오. 그렇게 한다면 우리 황군이 죽임을 당한 것에 조금이라도 복수를 할 수 있소. 이미 이토 공도 그를 죽여야 한다고 말했소."

"……."

"지시를 내리시오. 총리대신."

이노우에가 성한에 대한 암살을 주장했다.

미국 기업을 상대로 로비를 벌인다 생각하면서 그를 죽

여야 조선에 대한 미국의 지원이 중단되거나 최소한 늦춰질 것이라고 생각했다.

짧게 고민하고 야마가타가 지시를 내렸다.

"현양사를 통해 준비를 철저히 해서 죽이시오. 결코 우리가 죽인 사실이 지난번처럼 밝혀져서는 아니 될 것이오."

그들은 미국에서 일을 벌이는 성한을 최대의 위험요소로 인식했다. 때문에 그를 죽여서 미국 회사를 이용하는 조선의 계획을 어깃장 놓으려고 했다.

현양사를 동원해 미국에 거주하는 일본인들을 첩보원으로 썼다. 그렇게 성한의 뒤를 쫓는 그림자들이 생겨났다.

* * *

물살을 가르며 화물선이 항구로 들어왔다. 부두에 우사호가 정박됐고, 화물선 현문에서 다리가 내려지면서 안에 타고 있던 사람들이 내렸다.

이원회와 이범윤을 비롯한 사람들이 미국 풍경을 살폈다.

'미리견이다!'

'열사의 땅이구나! 하지만 대역사가 이뤄지고 있다!'

열대 나무가 꽤 보였지만 황량한 대지 역시 적지 않게 보였다. 햇살은 따가웠고 사막 같은 세상이 펼쳐져 있었다. 그리고 안에서 건물이 지어지는 풍경을 보고 있었다.

조선을 떠나 이국에 당도한 장병들이 흥분한 모습을 보였다.

"미국이다!"

"미리견에 드디어 도착했어!"

"저기 나무 좀 봐! 정말 이상해! 저런 잎을 가진 나무를 본 적이 없어! 드디어 이국에 왔어!"

웃음을 터트리며 다리를 지나 부두 위에 올라섰다. 김구와 이강도 함께 미국 땅을 밟으면서 기분이 고양됐다.

부두에 내려섰을 때, 양복을 입은 백인들이 오는 것이 보였다. 한 사람은 대한로드쉽의 사장이었고, 또 한 사람은 전쟁부에서 온 관리였다.

스튜어트가 이원회와 악수했다.

"대한로드쉽의 사장인 존 필립 스튜어트요."

"조선 해군참모총장 이원회요."

"조선 공사를 통해 이야기를 들었소. 내 뒤의 정부 관리들과 함께 우리가 조선군의 해군 육성을 도울 것이오. 앞으로 우호적인 관계가 되었으면 좋겠소."

"바라는 바요."

전쟁부 관리들과 이원회가 연달아 악수하고 인사를 나눴다. 모두 조선군을 위해 협력하고 지원하는 사람들이었다.

대한로드쉽 부지 내 운동장에 천막이 세워지고, 조선군 장병들과 사관생도들이 그곳을 숙소로 사용하기로 하였다. 샤워장과 식당으로 쓰이는 천막이 완비되면서 장병들과 생도들은 불편한 생활에서 벗어날 수 있게 되었다. 샌디에이고의 기후는 따뜻했기에 밤이 그리 춥지도 않았다.

천군이라 불렸던 교관들이 숙소에 짐을 풀고 잠시 쉬고 있을 때였다.

막이 걷어지면서 사람이 들어오자 허윤과 김천 등이 놀라면서 침상에서 벌떡 일어났다. 그리고 환하게 웃었다.

안으로 들어온 사람은 정욱이었다.

"오랜만입니다."

"그래. 정말 오랜만이군! 신수가 훤해졌어. 수염도 기르고 말이야."

"미국 사람들과 지내다보니 이렇게 됐습니다. 무탈하게 오신 것 같아 다행입니다. 하하하."

끌어안으면서 크게 반겼다.

형제였다. 그리고 남매였다. 옆 천막에 있던 조선영과 강소이도 찾아와서 정욱을 반겼다.

비록 피가 섞여 있지 않았지만 같은 시간을 보냈던 전우였다. 허윤이 성한을 찾고 있었다.

"과장님은?"

정욱이 대답했다.

"오게 되면 인사해야 될 사람이 많아서 저만 왔습니다. 가명을 쓰고 있는 상태에서 정체가 탄로 날 수 있으니까요. 마침 샌디에이고에 제 회사도 있어서 왔습니다."

아쉬움이 없는 것은 아니었다. 그러나 정욱을 본 것만으로도 허윤과 환웅함의 승조원들이 기뻐했다. 정욱의 등을 두드리면서 크게 반겼다.

"잘 왔어."

그날 밤, 정욱이 가지고 온 술을 마시면서 천막에서 하루를 보냈다. 이후에 이원회에게만 정욱이 자신의 신분을 알렸고, 이원회는 그가 천군이었으며 대한해운의 사장이라는 것을 알게 됐다. 그리고 며칠 뒤, 대한로드쉽에서 지원해 준 훈련함으로 기초 훈련을 벌이기 시작했다.

샌디에이고에 조선군이 도착한 사실이 뉴욕에 전해졌다. 전화를 받은 성한이 알았다고 대답했다. 그리고 정욱에게 가까이 있는 만큼 장병들과 생도들을 잘 신경 써달라고 말했다.

전화를 끊고 몸을 일으켰다. 곁에 박석천이 있었다.

"잘 도착한 모양입니다."

곁에서 박석천이 다행이라고 말했다. 그리고 성한의 행선지를 물었다.

"그러면 이제 왓슨씨를 만나러 가실 겁니까?"

"그래야겠죠. US화학에서 플라스틱이 개발되고 본격적으로 생산되기 시작했으니 전 미국을 상대로 사무용품을 팔 때가 왔습니다. 기초적인 타자기부터 연필과 지우개, 문서함, 문구용품까지 말입니다. 나중에 가서는 컴퓨터를 팔아 최고의 기업으로 만들 겁니다."

사무용품 하나로 세상을 제패했던 기업이 있었다. 그 기업을 성한이 위대한 실업가를 만나 함께 세우려고 했다.

집에서 나와 포드퍼스트에 승차했고, 박석천이 운전대를 잡으면서 롱에이커 스퀘어로 향했다.

브루클린교를 지날 때였다. 차의 사이드미러로 마차 한 대와 포드퍼스트 한대가 있는 것을 보았다. 석천의 시선이 사이드미러에 있는 것을 보고 성한이 물었다.

"뭔가 있습니까?"

석천이 고개를 가로저으면서 말했다.

"아닙니다. 아무것도. 조금 속력을 높이겠습니다."

악셀을 밟고 차의 속도를 높였다. 그리고 US그룹 사옥에 도착해 US화학에서 '토머스 J. 왓슨'을 만났다. 왓슨을 만난 성한은 세연이 개발한 플라스틱을 보여주면서 자신이 그를 투자할 것이라고 말했다. 그리고 타자기와 복사기를 비롯한 사무용품의 비전을 알려줬다.

설명을 들은 왓슨은 크게 감탄하면서 성한의 투자를 받아들였다.

"존스씨의 투자금으로 회사를 세우겠습니다. 그리고 US
화학의 플라스틱을 납품 받겠습니다. 참으로 감명 깊은 말
씀이었습니다."

동양인이라고 성한을 무시하지 않았다. 자신보다 지혜
가 있고 혜안을 가진 사람을 스승으로 여기며 지분에 관한
계약서를 작성하기 시작했다.

약칭 'ABM'으로 '아메리카 사무기기'가 앞으로 왓슨이
경영할 회사의 이름이었다.

그의 이름을 쓰고 서명을 넣고 있을 때, 박석천은 창문
밖을 주시하면서 지나가는 마차와 자동차들을 확인했다.
그리고 맞은편 건물 앞의 자동차를 봤다.

'기분 탓인가……?'

미간에 잔뜩 힘을 주고 창밖을 살피고 있었다. 그런 석천
에게 성한이 물었다.

"밖에 뭔가 있습니까?"

그리고 석천이 고개를 가로저으면서 대답했다.

"아닙니다. 아무 것도. 잠시 경계를 보고 있었습니다."

별일 아니라는 생각에 성한이 왓슨과의 계약에 집중했
다. 그리고 계약을 마무리 지었다. 석천은 여느 때와 같은
일상이라 여기면서 잔뜩 세웠던 긴장을 조금 낮추게 됐다.

그리고 왓슨과 악수하는 성한을 봤다.

"앞으로 잘 부탁드립니다."

"감사합니다."

ABM을 세우기로 하고 한달 안에 창업하기로 했다.

계약서를 안은 왓슨이 회사 밖으로 나갔다. 일을 마친 성
한은 김세연을 비롯한 옛 화학팀 팀원들과 식사를 하고 먼
저 집으로 돌아갔다.

집으로 가는 동안 석천의 눈동자가 계속 사이드미러 쪽
으로 향했다. 다시 이상한 기분을 느꼈다. 그때 뒷좌석에
앉아 있던 성한이 물었다.

"오늘 아침부터 계속 경계하시네요. 혹시 뒤에 미행이라
도 따라 붙었습니까?"

"확인 중입니다. 뒤차의 번호판을 외워야 할 것 같습니
다. 혹시 모르니 조심해주시기 바랍니다."

"알겠습니다."

대낮에 총격전이 벌어질 것이라고 생각하지 않았다. 그
저 조심하면서 이동했고 뒤에 따라붙는 차들의 번호판을
외우기 시작했다. 그리고 스치는 마차를 모는 마부와 창문
에 슬쩍 보이는 사람들을 봤다.

집에 와서 문을 열고 들어가 계단을 오르기 시작했다. 그
때 안에서 인기척이 일어나는 것을 들었다. 석천과 성한의
걸음이 멈췄다.

'누구지?'

'이 시간에 집에 있을 사람이 아무도 없습니다. 대원들도

모두 밖에서 연구원들을 경호하고 있습니다. 조심하십시
오. 제가 살펴보겠습니다.'

문 너머에서 사각사각 하는 소리가 들렸다. 석천이 품 안
에서 권총을 꺼냈고, 성한은 벽에 몸을 붙이며 잔뜩 긴장
한 모습을 보였다. 이내 석천이 문을 벌컥 열면서 안으로
들어갔다.

"움직이지 마라! 움직이면 쏘겠다!"

"……?!"

크게 소리치면서 침입자를 통제하려고 했다. 그리고 석
천의 행동에 놀란 침입자가 입에 사과를 물고 움찔했다.

두 명의 여성이 부엌에서 눈을 크게 뜬 채 석천을 보고 있
었다. 그리고 석천이 당황했다.

"안 선생님……?"

지연이 사과를 한입 베어 먹으면서 말했다.

"움직였는데 이제 쏠 건가요?"

"아, 아닙니다……."

"여기 사과 깎아놓았으니까 드세요. 그리고 정말 오랜만
이네요."

"예……."

안전장치를 걸고 C—4 레일 권총을 품 안의 총집에 넣었
다. 그리고 칼을 들고 있던 심유정이 칼을 내려두고 석천
에게 경례했다. 문밖에 있던 성한이 고개를 내밀고 눈치를

보다가 지연과 시선이 마주쳤다. 그리고 안으로 들어오면서 당혹감이 남아 있는 말투로 이야기했다.

"도둑인 줄 알았잖아. 대학병원에서 일하고 있을 줄 알았는데, 어떻게 온거야?"

"어떻게 오긴. 여름이잖아."

"아?"

"휴가차 온거야. 그리고 연락하고 오려 했는데 전화를 안 받더라? 꽤 많이 바빴나봐? 다음에도 이 집에서 이상한 소리 나면 나인 줄 알아."

지연의 말에 성한이 멋쩍은 미소를 보이며 뒷머리를 긁적였다. 유정이 깎은 사과를 성한에게 내었다.

"드세요."

"아, 네……."

사과 한조각을 입에 물고 미소를 지었다. 뉴욕의 집으로 잠시 돌아온 두 사람을 성한이 크게 반겼다. 그리고 두 사람에게 오랜만이라고 말했다.

저녁만큼은 푸짐하게 먹어야겠다는 생각을 했다.

"정말 오랜만에 왔는데 파티를 해야겠어. 김팀장과 이팀장도 올 거니까 말이야. 아마 두 사람을 보면 크게 기뻐할 거야."

그 말을 듣고 지연이 미소를 지었다. 그리고 유정을 보면서 성한에게 말했다.

"안 그래도 그렇게 생각했어. 미리 장을 보고 왔으니까 따로 장 볼 필요는 없을 거야. 우리에겐 심셰프가 있으니까. 워싱턴 D.C에서 닦은 요리 실력을 선보일 거야."

심유정이 요리 실력을 발휘하기로 했다. 성한과 박석천이 그녀를 보며 환하게 웃었다.

저녁이 되자 김세연과 이성철 등이 집으로 돌아왔고, 기술팀원들을 호위하던 대원들도 집에 와서 지연과 유정을 크게 반겼다. 그리고 유정이 직접 요리하면서 음식을 준비했다. 파스타와 스테이크를 준비했고, 오븐 피자도 구우면서 사람들의 입을 흡족하게 만들었다.

자리에 모인 이들은 음식을 먹으면서 이야기를 나눴다.

지연이 병원에서 있었던 일을 사람들에게 이야기했다.

"아직도 날 무시하는 놈들이 있다니까. 실력도 형편없어서 의사의 본분도 못 챙기고 환자들만 죽이는 것들이 동양인이라며 여자라며 뒷담을 까는데, 어휴. 정말 이 시대는 아닌 것 같아. 미래인 기준으로 봤을 땐 정말 또라이 같은 세상이야. 서재필 선생님이 어떻게 버티셨는지 신기해. 정말 대단하셔."

지연의 이야기를 듣고 성한이 웃으면서 물었다.

"그래도 보람은 있지?"

"보람?"

"너로 인해서 살아난 환자들은 고마워할 거 아냐. 그것

때문에 버틸 수 있지 않을까?"

병이 치유되어서 자신에게 감사하다고 말하던 환자의 얼굴을 기억했다. 환하게 웃으면서 자신을 천사라고 칭했던 아이의 얼굴을 기억했다.

지연이 웃으면서 성한에게 이야기했다.

"당연히 그것 때문에 버티지. 그리고 그게 내가 의사를 하는 이유야."

"그래."

힘든 가운데서도 희망이 있었다. 버티고 살아야 하는 이유들이 산더미처럼 있었다. 그것이 어떤 이의 삶과 운명을 인위적으로 바꾸는 일이더라도 맡은 직업의 소명을 다하고 최선을 다하면서 살아가고 있었다.

그것이 마땅한 일이라고 생각했다.

식사를 마치고 그릇을 함께 치웠다. 지연과 유정이 온 기념으로 연구원들이 설거지를 하는 동안 지연은 성한과 함께 자신의 호실로 향했다. 문을 열자 뉴욕을 떠났을 때의 모습 그대로인 방이 보였다.

"깨끗하네?"

"그야, 정리했으니까."

"뭔가 어제 나갔다가 다시 돌아온 느낌이야. 꼭 여기가 내 집 같아."

짐을 놓고 침대 위에 누웠다. 그런 지연을 보면서 성한이

224

미소를 지었다. 그리고 밖으로 나가려고 했다.

그때, 지연이 성한을 불렀다.

"야, 유성한."

"왜?"

"너 내일 시간 돼?"

지연의 물음에 성한은 잠시 생각했다. 일정을 기억하는 것이 아니라 물음의 의도를 알고자 했다. 그러나 생각하는 것보다는 직접 묻는 것이 나았다.

"오전에 존 무디를 만날 거야."

"존 무디?"

"몇 년 후에 신용평가회사를 만드는 사람이지. 자수성가하기 전에 투자해서 우리 소유의 신용평가회사를 만들려고. 그런데 시간은 왜 묻는 거야?"

성한의 물음에 지연이 대답했다.

"집에 왔으니까, 제대로 쉬어야지. 그런데 꼭 집에만 있어야 할 이유는 없잖아. 안 그래?"

"……."

"오후에 볼거야, 말거야?"

지연의 물음에 성한이 고개를 끄덕였다.

"좋아. 그러면 오후 1시에 봐. 롱에이커스퀘어에서 말이야. 올 때 심부분대장하고 같이 와."

"그래. 알겠어."

다음 날 오후에 보기로 지연과 약속을 했다. 성한은 잘 자라고 말하면서 방문을 닫고 지연의 방에서 나왔다. 그리고 자신의 호실로 가서 하루를 마무리 지었다.

* * *

다음 날 아침, 성한은 옷을 잘 정돈해서 입고 차에 탑승했다. 석천이 차를 운전하면서 월 스트리트로 향했다. 그리고 성한이 구입한 빌딩의 사무실에서 '존 무디'를 만났다.

단단해 보이는 사각 얼굴에 큰 눈이 인상적인 사람이었다. 성한이 먼저 찾아가서 투자하겠다는 말을 했고, 무디는 성한을 반신반의 하다가 그가 필립제이슨사의 대주주라는 사실을 알고 놀라게 됐다. 그 사실을 성한의 사무실에서 확인했다. 필립제이슨사의 주식을 확인하고 무디가 떨리는 목소리로 물었다.

"정말로… 필립제이슨사의 대주주란 말입니까?"

"그렇습니다. 그래서 제가 무디씨에게 투자하겠다는 것입니다."

"제가 무엇을 할지도 모르는데 투자하시겠다는 말씀하십니까?"

"뭘 할지는 잘 알고 있지요. 통계학을 통해 기업의 신용

226

을 평가하는 권위적인 회사를 창업하려는 것이지 않습니까? 제가 무디씨의 꿈을 이뤄드리겠습니다."

"……."

"어떻습니까?"

성한의 제안에 무디가 고민했다.

이미 서재필이라는 인물 덕분에 동양인에 대한 편견은 많이 엷어져 있는 상태였다. 자신을 도울 수 있느냐 없느냐가 많이 중요한 구분점이었다.

거절할 수 없는 제안이었다. 무디가 성한의 제안을 받아들였다.

"좋습니다. 그리고 감사합니다. 존스씨의 투자 제안을 받아들이겠습니다."

"이 나라에 위기가 찾아오면 빛을 발할 겁니다."

"예."

계약서를 준비해 무디에게 넘겨줬고, 무디는 성한이 회사 지분의 8할을 가져간다는 투자 계약서에 사인을 했다. 그리고 서로 악수했다. 환하게 웃으면서 서로가 조력자가 된다는 사실에 기뻐했다. 그리고 무디가 사무실 밖으로 나갔다.

창밖으로 월스트리트 거리의 건물들이 보이고 있었다. 아직은 낮은 건물들이었지만 곧 높디높은 건물들이 지어져서 마천루들이 세워질 것이라고 생각했다.

빌딩들을 보면서 성한이 생각에 잠겼다.

'앞으로 지어질 빌딩들을 사야겠어. 아니지, 시리우스 건설이 있으니 이 주변에다가 고층 빌딩을 짓고 100층이 넘는 빌딩을 지어야지. 그러면 임대료를 거둬서 큰 수익을 낼 수 있어.'

미국의 한 대통령이 부동산 수익으로 거부가 된 사실을 기억했다. 맨하튼이 앞으로 어떻게 변할 것인지 알고 있었고, 이미 비싼 지가를 지니고 있었지만 앞으로 지가가 더 비싼 곳으로 변할 것이라는 것을 알았다.

빚을 내서라도 땅과 건물을 사들여야 된다는 생각을 했다. 그리고 성한은 굳이 빚을 내지 않아도 땅과 건물을 사들일 수 있었다.

그런 생각을 하는 동안 시계의 초침이 빠르게 지나갔다. 지연과 만나기로 한 약속 시간이 다가왔고 성한은 1층으로 내려가서 자신의 포드퍼스트에 탑승했다.

이번에는 뒷좌석이 아닌 운전석이었다. 석천이 옆에 앉으려고 하자 성한이 조금 눈치를 줬다. 그러자 석천이 그를 걱정하면서 말했다.

"미행이 있을 수도 있습니다. 과장님이 위험에 빠질 수도 있고요. 제가 지켜드려야 합니다."

석천의 말에 성한은 기우라고 말했다.

"여태 지내면서 그렇게 위험한 일은 없었습니다. 뭐, 괜히 시비를 거는 백인이 있기도 했습니다만 미리 피하도록 하죠. 그리고 설마하니 대낮에 일을 벌이겠습니까? 밤이라면 모르겠지만 지금은 괜찮을 것 같습니다."

성한의 말이 틀리지 않았다. 그럼에도 석천은 성한을 걱정했다.

"방탄복은 입고 계십니까?"

"입고 있습니다."

"뭔가 이상한 낌새가 느껴지면 바로 도망치십시오. 신호탄을 쏘아 올리시면 제가 쫓아가겠습니다."

"알겠습니다. 그런데 좀 이상하군요. 이렇게 걱정하신 적이 없는데… 일단은 조심하겠습니다."

석천의 걱정을 성한이 유별나게 생각했다. 그리고 안에 입고 있던 방탄복을 한번 더 확인하고 석천에게 나중에 보자고 말했다.

포드퍼스트를 직접 운전하면서 성한이 떠나자 석천은 그를 크게 걱정하던 자신을 돌아봤다. 마치 귀신에 씐 것처럼 걱정했다. 그리고 전날에 있었던 일을 기억했다.

브루클린교에서 뒤따라오던 차의 모습이 머릿속에서 떠올랐다. 그리고 US그룹 사옥 건너편 건물에 세워졌던 것을 기억했다.

설마 그 차가 미행을 했을까 하는 생각을 했다. 이후로 따라붙었던 적이 없었기에 석천은 자신의 걱정이 괜한 걱정이라고 생각했다. 그저 매일같이 성한에게 아무 일 없기를 바랄 뿐이었다.

롱에이커 스퀘어에서 성한이 차를 몰고 지연을 만났다. 유정이 지연을 호위해서 차로 데려다줬고, 성한밖에 없는 것을 보고 미간을 좁혔다. 석천에 대해 유정이 물었다.

"분대장님은 어디 가셨습니까?"

"오늘은 자리를 비워달라고 말했습니다."

"……."

"걱정하지 마세요. 그동안 별일 없었는데 오늘이라고 무슨 일이 있겠습니까? 대신 저녁에 일찍 집에 가도록 하죠."

"알겠습니다."

유정이 성한과 지연을 걱정했다. 그러나 두 사람을 괜히 방해하는 것 같아서 빠지기로 했다. 지연이 성한의 차에 올라탔고 유정은 멀어지는 차를 지켜봤다. 그리고 성한의 차가 출발하자 함께 출발하는 차를 봤다. 그 차를 보고 유정은 이상한 느낌을 받았다. 그렇게 여길만한 이유가 있었다.

"방금 저 차… 차에서 사람이 내리지 않았어……."

차가 주차되면 누군가 타거나 내리는 법이었다. 그것이 이상하게 느껴졌다.

반경 30km 이내에 무전교신이 가능한 손바닥만 한 작은 무전기를 켰다. 그리고 분대장인 석천에게 즉시 무전통신을 시도했다.

성한과 유정으로부터 아예 멀리 떨어져선 안 된다는 생각이 들었다. 유정은 지연을 태워줬던 차에 곧장 타서 시동을 걸었다. 그리고 성한이 지나갔던 길을 천천히 밟기 시작했다.

센트럴파크 주변의 고급 레스토랑이었다. 성한은 미리 예약해놓은 전망 좋은 자리에 지연을 앉혔다. 지연이 자리에 앉으며 환하게 웃었다.

"전망 좋은 자리네. 여긴 또 어떻게 안거야?"

"그야 와봤으니까."

"누구랑?"

"누구겠어. 다 일하고 관련된 사람들이지. 이런 풍경을 꼭 연인이나 작업 거는 여자하고만 봐야겠어? 안 그래?"

미끼를 던지듯 물은 질문에 성한이 능글맞게 답했다. 성한의 대답을 들은 지연이 눈썹을 위로 추켜올렸다. 그리고는 '그래?'하는 느낌으로 고개를 끄덕이며 종업원이 놓은 컵의 물을 마셨다.

식당의 분위기를 보면서 지연이 물었다.

"이 가게는 동양인을 그리 차별하지 않나봐?"

"자주 이용하니까. 그리고 이 가게 주인이 바로 나야."

이야기가 끝나기가 무섭게 식당 지배인이 성한에게 왔

다. 고개를 숙이며 인사했고 눈치를 보며 지연에게도 인사했다. 식당을 이용하는 다른 고객의 시선이 집중된 가운데 성한이 지배인에게 손을 들어 보이면서 말했다.

"특별한 사람입니다. 신경 써서 요리해주십시오."

"알겠습니다."

조리장이자 주인인 사람이 다시 지연에게 고개를 숙이고 안으로 들어갔다.

특별한 사람이라는 말이 귀에 달콤하게 들렸다.

"내가 그런 사람이야?"

성한은 딱히 부정하지 않았다.

"그래. 그리고 특별한 날이지. 오늘 같은 날이 쉽게 찾아오는 날은 아니니까. 나도 오늘 만큼은 제대로 즐겨야겠어."

매일이 바빴고 언제나 긴장하면서 시간을 보냈다. 석천이나 해병대 대원들의 경호를 항상 받아야 했고 해리 존스라 불리는 가명을 지키기 위해서 빈틈없는 신중함을 보여줘야 했다. 그러다가 지친 심신을 달래야겠다는 생각이 들었다. 한 시대를 풍미했던 '힐링'이라는 단어로 지연과 시간을 보내면서 여유를 부렸다.

식당 한편에서 피아노 연주자가 쇼팽의 야상곡을 연주하기 시작했다.

감미로운 멜로디가 식사하는 사람들의 귀에 풍미를 더했

다. 식전 빵이 올라오고 샐러드와 스프 등이 나와 성한과 지연의 입가에 미소가 배어들게 했다. 그리고 푸아그라를 비롯한 몇 가지의 요리들이 차례대로 나왔다. 유정의 요리도 좋았지만 집에서 먹을 수 없는 맛을 느낄 수 있어 오랜만에 색다른 기분이 들었다. 마치 여느 연인들처럼 데이트를 하는 것 같은 느낌이었다.

성한과 지연은 좋은 분위기 덕분에 끝내기 아쉬울 정도의 식사를 마쳤다. 지배인에게 값을 지불하고 밖으로 나온 주방장으로부터 인사를 받았다. 그리고 가게를 나섰다.

둘은 길 건너의 센트럴파크를 걷기 시작했다.

"아, 살 것 같다."

팔 벌려서 심호흡하는 지연을 성한이 뒤에서 봤다. 그녀의 뒤를 따르면서 피식하며 미소를 드러냈다.

주위를 살피던 지연이 환하게 웃으면서 성한에게 말했다.

"꼭 와보고 싶었어."

"어딜? 여길?"

"그래. 미래에서나 이 시대에서나 와본 적이 없으니까. 심지어 브루클린에서 지낼 때도 와본 적이 없어. 그렇게나 유명한 센트럴파크인데 말이야. 그래서 오늘 소원을 푸는 거야."

때로는 자연적인 것보다 인공적인 것이 나을 때가 있었

다. 관리되지 못해 무릎까지 풀이 무성하게 자라 있는 것보다 발바닥 위로 귀엽게 솟아오른 잔디풀이 훨씬 나았다. 그리고 있어야 할 자리에 있는 나무와 벤치가 사람들에게 안락한 휴식처를 만들어주고 있었다.

그늘진 나무 아래에 한 연인이 돗자리를 깔고 휴식을 취하고 있었다. 바다에서 불어온 바람이 빌딩 사이를 지나 센트럴파크에 이르러 시원한 바람이 되었다.

나무아래 벤치에 지연이 앉았고, 그 곁에 성한이 앉았다. 함께 하늘을 흘러가는 구름을 보고 불어오는 바람을 느끼며 시간을 보냈다.

앞을 지나가는 연인을 보다가 지연이 말했다.

"생각해보니까 이 동네 엄청 염장 지르는 동네네."

"그걸 이제 알았어?"

"세상에, 우리 벌써 34살이야. 내년이면 35살이네. 시간 잘 간다. 벌써 30대 중반에서 후반을 보고 있다니. 엄청 슬프네……."

"……."

"30살이 됐을 때만 해도 죽을 것 같았는데……."

"……."

10대 때는 내일을 생각하지 않았고, 20대 때는 무엇을 해도 시간이 남아 있다는 생각을 했다. 그러나 30대는 이야기가 달랐다. 시간이 흐를수록 뭔가 포기해야 할것이 계속 생겨났고, 절정에 이르렀던 신체 나이도 내리막길을 타기 시작하는 나이였다. 그리고 40대부터는 가지고 있는 것을 유지하는 것만으로도 벅찬 나이였다.

그런 나이를 괜히 인식하게 되었다.

다시 연인이 앞으로 지나갔다. 아니, 부부였다.

지연이 성한에게 물었다.

"넌 결혼 안 해?"

"뭐?"

"결혼 안 하냐고."

갑작스런 물음에 조금 당황했다가 차분히 대답했다.

"하고 싶어도 할 사람이 있어야지. 다른 사람들은 모르겠지만 이 시대 여자들은 내게 할머니 같은 사람들이야. 외모가 예뻐도 그런 생각이 많이 들어."

"그러면 환웅함에 같이 탔던 여자들은? 유정이나 세연이 같은 애들 말이야. 혹시 여자로 느껴진 적은 없어?"

"……."

"세연이는 생각보다 네게 관심이 꽤 있던 것 같던데……."

처음 서재필을 만나러 가려 했던 때를 기억했다. 연인행세를 위해 성한이 지연에게 함께 가자고 말했던 적이 있었다. 그것이 안 되면 김세연을 데리고 가겠다고 말했고, 그 말에 세연은 얼굴을 붉혔다.

관심이 없는 것은 아니었다. 분명히 있었다. 성한도 그 사실을 기억하고 있었다.

"식구끼리는 연애하는 거 아냐."

지연이 피식하면서 물었다.

"울타리 안이라서 부담되는 건가? 만약에 세연이가 널 좋아한다고 말하면 어쩔 거야? 사귈 거야?"

거듭되는 물음에 성한이 조금 인상을 쓰면서 말했다.

"말도 안 되는 이야기야. 그럴 거면 벌써 내게 좋아한다고 말했겠지. 그 일이 언제 있었던 일인데 말이야. 그리고 설령 좋아한다고 말해도 안 사귈 거야."

"진짜?"

"그래."

"……."

대답을 들은 지연이 성한을 빤하게 쳐다봤다.

그런 지연에게 성한이 물었다.

"너 나 좋아하냐? 왜 자꾸 그런걸 묻는 거야?"

혹시나 하면서 물었다. 그리고 대답을 들었다.

"설레는 게 좋아하는 거라면 분명히 아니야. 우린 서로에게 너무 익숙하니까. 그런데, 요즘 드는 생각이 있어."

"뭐… 뭔데?"

"네가 나에게 네 여자라고 몇 번 말한 적이 있었잖아. 물론 수작부리는 인간들한테 한 이야기겠지만, 정말 네가 내

남자고 내가 네 여자면 정말로 날 지켜줄 수 있겠다는 생각이 들었어. 그렇게 생각하니까 다른 남자가 너처럼 할 수 있을까 하는 생각이 들더라고."

"……."

"어쩌다 보니 이런 것까지 이야기하게 되네……."

속으로 생각하던 것을 지연이 먼저 성한에게 털어놓았다. 그것을 들은 성한의 머릿속이 복잡해졌다. 뚜렷하게 좋아한다는 말은 아니었지만 자신 외에는 다른 남자를 만날 생각이 없다는 이야기 같았다.

의심에 확신이라는 쐐기를 심고 싶었다.

벌떡 일어나서 지연에게 물었다.

"혹시, 연애가 아니라 나와 함께……."

그 순간이었다.

탕!

"윽!"

"성한아…?!"

"으윽……."

"야, 유성한…? 성한아!"

성한이 가슴을 잡고 쓰러졌다. 놀란 지연이 당황하면서 성한을 붙들었다. 지연은 가슴에 생긴 작은 구멍에서 연기가 피어나는 것을 보고 안에 총알이 박혔다는 것을 인식했다.

위치가 왼쪽 폐부였다.

눈물을 터트리며 지연이 어쩔 줄 몰라 했다.

"성한아! 의식 잃지마! 제발……!"

"지연아……."

"누구 없어요?! 구급차 좀 불러주세요!"

도움을 부르짖으면서 지연이 울먹였다. 쓰러진 성한이
그 모습을 보며 눈동자를 굴렸다.

총성이 일어난 곳 주위를 살폈다.

100m 정도 떨어진 나무 뒤에서 백인 두명이 도망치는
모습이 얼핏 보였다. 그때 지연이 응급처치를 하려고 성한
의 셔츠를 뜯었다.

셔츠 안에는 검은 방탄복이 있었고, 그것을 본 지연이 소
스라치게 놀랐다.

"성한아……?"

쓰러져 있던 성한이 조심스럽게 말했다.

"죽은 척하고 있어야 되니까 계속 응급처치를 해. 그래
야 날 쏜 놈들이 다시 날 노리지 않을 거야. 잠시 연기 좀
해줘."

순간적으로 당황했다. 그러나 성한의 방탄복을 보고 그
가 말한 것을 이내 이해할 수 있었다. 즉시 상처를 살피면
서 성한을 살리려는 듯한 시늉을 했다.

공원을 산책하던 백인들은 총성을 듣고 놀라 겁에 질려

있었다. 그들은 몸을 낮춘 상태에서 어디에서 총알이 날아 왔는지 찾으려 했다. 그리고 쓰러진 성한을 보고 크게 외 쳤다.

"칭크가 죽었어!"

그들은 성한을 청나라 사람이라 착각하면서 청나라 사람을 멸시하는 단어로 성한의 죽음을 알렸다. 그리고 성한은 지연을 위험에 빠트리지 않게 하기 위해서라도 계속 죽은 척 연기를 했다.

도망치던 범인은 그 모습을 슬쩍 확인하고 공원 밖에 세워진 차를 향해서 전력 질주했다.

사람들의 이목이 집중되기 전에 총을 넣고 급히 차에 몸을 실었다.

범인들은 운전석과 조수석에 나눠 앉으면서 큰돈을 얻게 될 것이라 환호했다.

"성공이야!"

"흉탄에 맞았어! 분명히 죽었을 거야!"

"이제 두둑한 보수를 받을 수 있어!"

그때, 뒷문이 열리고 둘의 고개가 돌아갔다.

문이 닫히면서 차 안이 밀폐됐고, 뒷자리를 돌아본 두 백인은 중앙에 앉은 동양인 여자를 보게 됐다.

"……?!"

여자의 얼굴은 사나운 사자 같은 표정이었다.

"곱게 죽을 생각은 하지마!"

따다닥!

"크억!"

두 범인의 목에 전기 충격이 가해졌다. 전기충격기가 두 백인의 의식을 흩트려 놓았다. 그리고 두 사람을 제압한 유정이 굳은 표정을 하며 무전교신을 했다.

"잡았습니다. 분대장님."

유정의 무전이 그리 멀지 않은 거리에 있는 석천에게 전해졌다.

그는 이미 성한과 지연의 곁을 지키고 있었다. 무전기를 통해 성한이 무사하다는 것을 알려줬다.

"과장님도 무사하시다."

―다행입니다.

"장혁이 그리로 갔으니까 함께 포박해서 단단히 묶어. 그리고 범인들과 함께 합류지점에서 보도록 하지. 놈들에게 과장님을 어째서 공격했는지, 배후가 있는지 물어야겠어."

―알겠습니다.

"이상. 수고 대기."

―대기.

무전을 끝낸 석천이 주머니에 무전기를 숨겼다. 그리고 계속 누워 있는 성한에게 말했다.

"보는 눈이 많습니다. 일단 빨리 피해야 할 것 같습니다. 그리고 죄송합니다."

석천이 성한에게 사과하며 용서를 구했다. 유정의 무전을 받고 급히 달려왔지만 끝내 성한에게 충격이 가해지는 것을 막을 수 없었다. 범인이 어디에 있었는지 위치도 못 찾은 상태에서 성한에게 달려가다 저격을 허용하고야 말았다.

그 실수의 죄책감이 이루 말할 수 없었다.

그런 석천에게 성한은 고개를 슬쩍 가로저어 보였다. 그가 잘못한 일이 아니라고 말했다.

"이렇게 낮에 대놓고 저격할 줄 누가 알겠어요. 경호를 거부한 제 책임입니다. 그러니 자책하지 마세요."

"과장님……."

"일단 피합시다. 말씀하신 대로 보는 눈이 많습니다. 경찰이 오기 전에 피해야 됩니다. 제가 죽은 것을 확인하려는 사람이 있을 수 있으니 업어주십시오. 제 힘으로 일어나면 적이 다시 경계할 겁니다."

"예. 알겠습니다."

지연의 도움을 받아 성한이 석천의 등에 업혔다.

총성이 일어났기에 경찰이 오면 피해자에 대한 조사가 반드시 이뤄질 수밖에 없었다. 그것은 문제를 복잡하게 만들 수 있었다. 미국의 정재계를 뒤에서 주무르는 성한의 정체가 탄로 날 수 있었다.

그렇기에 신속히 자리에서 피했고, 공원 밖으로 나가서 포드퍼스트를 타고 빠르게 움직였다. 그리고 뒤늦게 나타난 경찰이 성한이 쓰러졌던 곳 주위에서 두리번거렸다. 주변에 있던 사람들을 붙들고 목격담을 수첩 안에 써넣기 시작했다.

누군가가 '칭크'라고 외치는 바람에 경찰들은 청나라 사람이 총격을 받고 부상당했다고 생각했다. 그리고 병원을 알아봤지만 총격을 받은 부상자가 있는 병원을 찾지 못했다.

CCTV가 없는 시대에서 결국 센트럴파크 총격 사건은 미궁으로 빠질 수밖에 없었다.

성한은 석천의 경호를 받으며 차를 타고 집으로 왔다.

방탄복을 벗고 소파에 맞아 총알을 맞은 부위를 살폈다. 가슴이 빨갛게 물들어 있었다.

"⋯⋯."

"괜찮다니까. 쓰라려서 그렇지 죽을 만큼은 아니잖아. 그러니까 그렇게 울상 짓지마."

총알이 조금 빗나갔으면 머리에 맞거나 지연이 맞을 수도 있었다. 그런 상황에 비해서는 매우 나은 상황이라 말했지만 성한의 가슴을 살피는 지연의 표정은 몹시 어두울 수밖에 없었다. 성한은 그녀를 달래려고 애썼다. 저격당

242

했을 때 패닉에 빠져들었던 그녀의 모습을 기억했다.

수술 도중에 긴급한 상황이 벌어져도 당황하지 않던 그녀가 겁에 질렸다.

그 기억을 떠올리고 있을 때, 연락을 받은 석천이 성한에게 말했다.

"잠시 다녀오겠습니다."

"예."

정두현과 안성민이라는 대원이 집에 남아 성한을 지키기로 했다. 그리고 석천은 인근 폐공장으로 향했다.

지하실로 향하는 단단한 철문을 안에서 잠그고 계단을 통해 천천히 내려갔다. 전등이 껌뻑이고 있었고, 사람의 비명 소리가 울려퍼지고 있었다.

성한을 저격했던 백인 두명의 허벅지에 못이 박혀 있었다. 거기에 전선이 연결된 상태로 조장혁이 전원 스위치를 올리며 전기 고문을 가했다.

백인 중 한 사람이 참다못해 입을 열었다.

"마… 말할게! 그… 그러니까 그만!"

"허억! 허억!"

두 백인을 상대로 이뤄지던 고문이 잠시 중단되었다.

유정이 험악한 표정을 지으면서 물었다.

"누구야? 네놈들의 배후가? 어서 말해."

두 사람 중, 키가 크고 콧수염이 나 있던 백인이 말했다.

"이… 일본."

"……."

"일본 공사관의 관원이 우리에게 의뢰했어… 유성한을
추적해서 죽이라고… 그래서…….."

석천이 권총을 들었다.

"잠깐! 마… 말했잖아! 그런데 왜……?!"

범인의 다급한 말에 석천이 얼음장 같은 표정을 지었다.

"네놈들을 살려주면 결국 다른 놈의 의뢰를 받아서 사람
을 죽이겠지. 그럴 바에는 죽이는 게 나아."

"자… 잠깐! 살려줘! 아악!"

퍽 하는 소리가 나면서 머리가 터졌다. 남아 있던 다른
범인도 석천에게 죽임을 당하면서 절명했다.

범인들의 배후에 일본이 있다는 보고가 성한에게 전해졌
다. 집에서 휴식을 취하면서 회복하던 성한은 마치 예상했
다는 듯이 고개를 끄덕였다. 애초에 성한도 일본일 가능성
이 매우 크다고 생각한 것이다.

"누군가에게 원한을 산 일도 없었으니, 절 죽이려 한다
면 정치적인 이유가 가장 크겠죠. 그중 일본이 가장 유력
하다고 생각했는데 역시나입니다. 조선이 급속도로 발전
하는 그 시작점에 제가 서 있다고 판단한 것 같습니다."

"이제 어떻게 합니까?"

"우선 저에 대해서 어디까지 파악했는지부터 확인해야

244

겠죠. 일본 공사관 수색을 부탁드립니다. 거기 저에 관한 정보들이 있을 겁니다. 확인하고 움직여야 할 것 같습니다."

"예. 과장님."

적이 어디까지 알고 있는지 파악해야 했다. 성한과 이야기를 나눈 끝에 석천은 대원들 중 두명을 뽑아 일본공사관 수색을 지시했다.

유정과 두현이 스텔스망토를 입고 야간에 일본 공사관에 침투했다.

숙직을 담당하는 일본 관원이 공사 집무실을 살피고 밖으로 나와 문을 닫았다. 그리고 문이 닫히는 순간 집무실에 스며든 유령이 천천히 움직이기 시작했다. 책상 서랍이 열리고 벽에 걸린 그림이 내려졌다. 심지어 책장의 책들도 차례대로 움직였다.

책 한권이 젖혀지자 바닥에 고정된 책장이 움직일 수 있게 됐다. 책장이 옆으로 밀려났다. 그리고 안에 숨겨진 벽의 금고가 모습을 드러냈다.

허공에서 사람의 손과 손에 들린 이상한 기계가 모습을 드러냈다.

'23… 16…….'

다이얼 두개를 돌리고 기계를 붙여서 소리를 측정했다. 그리고 붉게 빛나던 화면이 녹색으로 변했다. 더 이상 다이얼을 돌리지 않고 금고를 여는 스위치를 눌렀다.

문을 열고 안에 보관되어 있던 문서를 꺼낸 뒤 전화번호가 기록되어 있는 문서를 발견하고 책상 위에 펼쳤다. 그리고 엘리트폰으로 사진을 찍었다. 몇 장의 사진을 더 찍고 문서들을 금고 안에 넣어 원래 상태대로 돌렸다.

책장을 다시 본래대로 돌리고 집무실의 상태를 확인한 뒤 문을 열고 나왔다.

유령이 공사관을 헤집는 동안 숙직하는 관원은 아무것도 알지 못했다. 그리고 다음 날 출근한 일본 공사도 자신의 집무실에서 무슨 일을 벌어졌는지 알 수 없었다. 그저 성한이 제대로 죽었는지 그가 후송된 병원을 찾으려고 할 뿐이었다.

집무실 외에 다른 방에서도 정보가 수집되었고, 성한의 집에서 문서에 담긴 내용이 무엇인지 확인되기 시작했다.

성한이 문서를 확인하다 이마를 들썩였다. 자신에 대한 일본 정부의 판단이 담겨 있었다.

"로비스트군요. 이 정도면 무시해도 될 것 같습니다."

불행 중 다행이었다. 조선을 지원하는 회사의 대주주로 파악되었다면 문제가 복잡해질 수 있었다.

그리고 문서에 적힌 전화번호들을 주목했다.

"정보요원들의 전화번호군요.

"배관공 등으로 위장해서 전화를 걸고 위치를 파악하면,

역으로 쳐서 제거할 수 있을 겁니다."

"하지만 지금 바로 해서는 안 됩니다. 이것은 정말 일부 니까요. 하려면 전부를 제거해야 됩니다. 일단 이 일을 조 선에 알립시다. 함장님과 부장님과 논의한 후에 결정하겠 습니다."

"알겠습니다."

장성호와 의논한 뒤 조치를 취하려고 했다.

집에 설치된 통신기를 통해서 장성호의 집으로 연락을 취했다. 그리고 교신이 이뤄졌다. 나랏일을 마치고 장성 호가 집에 왔을 때 제대로 일이 논의되기 시작했다.

성한을 노린 일본의 행동에 대해 장성호가 분개하면서 격앙된 목소리를 냈다. 힘이 잔뜩 들어간 목소리가 혹한보 다도 차갑게 무전기에서 울려퍼졌다.

―경고를 보여줘야겠습니다.

"일본 정부에 말입니까?"

―예. 동시에 일본이 보유한 첩보 능력을 부수고 찢어놓 을 겁니다. 과장님을 노린 대가를 치르게 만들 겁니다. 미 리 놈들에 대한 정보를 확보해두었습니다.

"그렇다면 빈틈없이 처리해주십시오. 부장님께 이 일을 부탁드립니다."

―알겠습니다. 미국의 일본 첩보원들에 대해서는 박석 천 하사에게 맡기겠습니다.

"예. 부장님."

—교신을 끝내겠습니다.

성한을 노린 대가를 치르게 만들려고 했다.

그렇게 결론을 내리고 무전 교신을 끝마쳤다. 곁에서 교신 내용을 함께 들었던 석천이 유정에게 지시했다.

"쥐새끼들을 제거한다."

일본에 대한 방첩 작전이 펼쳐지기 시작했다.

미국과 일본에서 상상할 수 없는 일이 벌어지려고 했다. 도륙과 학살이 두 나라에서 일어나려고 했다.

충돌이 시작되다

못에서 잉어가 힘차게 물질을 했다. 물 위로 먹이가 떨어졌고, 그것을 먹으려는 잉어 떼가 몰려와서 물장구를 일으켰다.

집의 후원에서 잉어에게 밥을 주며 한적한 시간을 보냈다. 아무것도 하지 않고 여생을 보내는 듯했지만 절대 그렇지 않았다.

이토의 집에 이노우에가 찾아왔다.

두 사람은 후원을 걸으며 조선과 미국에서 일어나는 일에 대해서 이야기를 나눴다.

그들이 하는 이야기의 주제는 성한이었다.

"설마하니 미국에서 그런 일이 벌어지고 있는 줄은 몰랐소. 미국 기업에 뇌물을 주고 미국 정계를 끌어들일 생각을 하다니. 유성한, 참으로 무서운 자요. 안 그렇소? 이노우에 공."

"4년 전에 조선의 왕비를 암살하려고 했을 때도 그가 우리를 막았을 가능성이 있소. 천군도 위험하지만 천군의 수뇌 중 한 사람인 그가 제일 위험하오. 그래서 암살을 지시하지 않았소. 반드시 유성한을 죽여야 하오."

"언제 보고가 전해지오?"

"한달 정도 걸리오."

"그가 죽고 난 뒤 조선의 반응을 지켜봐야겠소. 어떤 반응을 보일지 참으로 기대되오. 그가 죽고 난 뒤 조선을 지원하는 회사를 우리 편으로 돌려야 하오. 그들 회사에 뇌물을 줘야 한다고 총리대신에게 전해주시오. 미국이 조선에게서 손을 떼도록 만들어야 하오."

"알겠소."

"현양사를 통해 외국의 움직임을 면밀히 살펴야 할 것이오."

일본 내 우익 단체인 현양사는 그저 모임이나 집회를 여는 식의 단체로 위장되어 있었다. 그러나 실상은 '히라오카 고타로'의 지휘를 통해 해외의 정보를 수집하고 요인 암살과 같은 일을 벌이고 있었다.

그들은 조선의 왕후를 암살하려 했다가 실패하면서 외교적으로 궁지에 몰리는 것을 미연에 방지하려고 했다. 세계 정세를 발 빠르게 확인하고 대응하려고 했다.

이노우에가 이토의 집에서 나와 태정관으로 향했다. 그리고 현양사의 수장인 히라오카의 집으로 향했다.

그를 끊임없이 뒤쫓는 시선이 있었다.

히라오카의 집 주위에서 신문팔이를 하는 사람의 눈동자가 마차를 탄 이노우에에게 스치듯이 향했다가 길을 걸어서 지나가는 사람들에게 향했다. 그리고 큰 목소리로 일본에서 있었던 소식을 알렸다.

"석간신문입니다! 오늘 나고야에서 6명을 살해한 연쇄살인범이 체포되었습니다! 자세한 내용은 신문에 기사로 쓰여 있습니다! 석간신문입니다!"

신문팔이의 외침을 듣고 길을 지나던 사람들이 신문을 구입했다. 그들은 과거 사무라이 가문의 자제에서 연쇄살인범으로 검의 방향을 잃어버린 범인에 대해 크게 분노했다. 마땅히 사형당해야 된다고 서로 이야기를 주고받았다.

일본의 상황이 조선에 전해지고 있었다. 그리고 성한과 교신을 끝낸 장성호가 자신의 집으로 대원들을 모았다.

모인 대원들에게 미국에서 있었던 일을 알려줬다. 그 소식을 듣고 대원들이 분개했다.

"감히 과장님을 죽이려 했다니……."

"반드시 응징해야 됩니다! 일본 공사관이면 보나마나 쪽발이 정치가 놈들입니다! 깡그리 죽여야 합니다!"

"명령을 내려주십시오! 부장님!"

"소대장님!"

대원들이 분통을 터트리며 장성호와 유성혁에게 응징 명령을 내려달라고 말했다. 그러한 분위기에 두 사람 대신 김인석이 앞으로 나섰다. 일본의 정치인들을 살려줘야 하는 이유를 알려줬다.

"지금 상황에서 원흉으로 지목되는 놈들이야 뻔해. 이토 히로부미는 말할 것도 없고, 이노우에 카오루, 야마가타 아리토모, 그 외의 많은 일본 정치인들이 있네. 그리고 천황이라 불리는 일왕도 있고 말이야. 만약 지금 상황에서 바로 놈들을 죽인다면 어쩌면 영국을 중심으로 한 서양 열강이 우리 편이 되지 못하고 다시 일본에 힘을 실어다 줄 수 있어. 겨우 균형을 맞춘 상태에서 우리의 분노로 화를 자초할 필요는 없지. 때문에 아직은 놈들을 죽여선 안 돼."

부소대장인 이응천이 분통을 터트리면서 말했다.

"그러면 어떻게 응징합니까? 그놈들을 죽이지 않고 어떻게 보복을……!"

그의 말을 장성호가 끊었다.

"현양사."

"······?!"

"말이 극우인들의 모임이지, 실상은 일본의 첩보기관이 나 다를 바 없어. 명성황후를 시해하는 일에 주도적으로 나섰던 것도 현양사니까. 역사가 바뀌지 않는다면 러일전 쟁에서 흑룡회와 함께 일본의 눈이 되어주는 단체다. 흑룡 회는 아직 결성되지 않았으니 현양사를 쳐서 거기에 소속 된 놈들을 모조리 죽인다. 그것이 우리의 응징이다."

"······."

"질문이 있으면 나에게 하라."

장성호의 말을 듣고 분개하던 대원들이 입을 다물었다. 그저 주먹을 쥐면서 일본의 첩보기관으로 이용되는 현양 사에 대해 지옥의 불길보다도 뜨거운 분노를 드러냈다. 눈 앞에 현양사에 소속된 사람이 있다면 맨손으로라도 때려 서 잡아 죽일 생각을 했다.

장성호가 질문이 있는지 묻자 1분대장인 우종현이 물었 다.

"저희들 모두 작전에 투입됩니까?"

그리고 대답을 들었다.

"모두 가지는 않는다. 참고로 나와 함장님, 소대장은 조 선에 남는다. 엄연히 조선 내각의 중신이니 말이야. 어느

분대가 작전에 투입되는지는 소대장을 통해서 듣도록."

"예."

장성호가 비켜났다. 이번에는 성혁이 앞으로 나와서 대원들에게 말했다.

그가 일본으로 향할 분대와 조선에 남을 분대를 정했다.

"1분대."

"예. 소대장님."

"1분대는 부소대장과 함께 여태 하던 임무와 경계를 잠시 중단하고 일본으로 가서 현양사에 관련된 모든 것을 부순다. 일본의 첩보는 현양사를 통해서 모두 이뤄진다. 장비를 점검하고 준비가 되면 보고하라."

"알겠습니다."

1분대에 이어 2분대장에게도 임무를 하달했다.

"2분대."

"예. 소대장님."

"2분대는 육군사관학교에서 생도들을 육성해야 되는 만큼 조선에 남는다. 대신 1분대가 벌여야 할 경계 몫까지 담당한다. 언제나 실전을 치를 수 있다는 각오로 철저히 경계를 서주기 바란다."

"예……."

"표정을 풀어라. 나조차 일본으로 가서 놈들을 죽이고 싶지만 우리가 지켜야 할 사람들을 위해 조선에 남는다.

자네 임무는 결코 작은 임무가 아니다."

"예. 소대장님."

"수비가 굳건해야 공격을 벌일 수 있다."

"예."

주현이 조선에 남는다는 사실에 굉장히 아쉬워했다. 속에서 분노가 끓어오르지만 그것을 누르며 참을 수밖에 없었다. 그녀에게 명령을 내리는 사람은 다름 아닌 성한의 형제였다. 성혁이 조선에 남는다고 하자 어느 누구도 그 결정에 대해서 뭐라고 할 수 없었다.

대원들에게 담당 임무가 떨어지고 장성호가 앞으로 의지를 새롭게 했다.

본격적으로 천군에 대한 견제가 이뤄지기 시작했다.

"조선 부흥의 중심에 우리가 서 있다. 우리의 부흥으로 시기하는 나라와 질투하는 나라가 있고, 이제 우리를 직접적으로 견제하고 해하기 시작했으니 마땅히 함부로 그런 일을 벌이지 못하도록 경고를 보여줘야 한다. 그저 복수심에 사로잡혀 일을 그르치지 마라. 가슴은 뜨겁게, 그러나 머리는 냉철하게 적을 상대하라. 전술뿐 아니라 이 나라 전략과 미래를 보기 바란다."

"예. 부장님."

"곧바로 금수들을 사냥한다."

명령을 받고 곧바로 행동에 나서기 시작했다.

총리부 아래에 세상에 알려지지 않은 비밀 부서가 하나 있었다. 그것은 '정보국'이었고, 조선의 방첩과 첩보를 담당하는 기관이었다.

장성호가 국장을 겸하고 있었다. 노비와 상인, 양반을 가리지 않고 외국어에 능통하며 애국심이 투철한 자들을 뽑아 이웃 나라에 침투시켜 사정을 살피고 있었다. 그리고 일본의 첩보망을 파악해 거기에 관여된 사람들을 파악하고 있었다.

그들은 이노우에 카오루의 동선을 추적했다. 그리고 현양사의 수장인 히라오카의 동선과 그가 만나는 인물들, 현양사에 소속된 인물이 누구인지 상세히 파악했다.

마침 히라오카의 집에서 현양사의 회원들이 모였다. 사장(社長)인 히라오카와 현양사를 공동으로 설립한 '토야마 미츠루'를 비롯해 낭인회의 회원 간부들까지 모여 연회를 즐겼다. 식탁 위에 신선한 회가 오르고 '사케'라 불리는 술을 술잔에 따르면서 마음을 다졌다.

히라오카가 술잔을 들었다. 그리고 모인 사람들에게 일본의 영원을 기념했다.

조선에 대한 보복을 다짐했다.

"미개한 나라에서 희생당한 우리 동지를 잊지 마시오! 반드시 동지들의 원한을 풀 것입니다. 조선에 기필코 복수할 거요! 잔을 드시오! 대일본제국과 천황 폐하의 만수무

강을 위해!"

"대일본제국과 천황 폐하의 만수무강을 위해!"

"만세!"

"만세!"

결연한 의지를 새기면서 만세를 외치고 잔에 담긴 술을 마셨다. 그리고 환하게 웃었다.

익히지 않은 생선살을 젓가락으로 집어서 간장에 찍어 먹었다. 동시에 튀김을 먹으며 연회 음식을 즐기기 시작했다.

엄숙한 분위기가 조금 지나가고 화기애애한 분위기가 넘쳐흐르고 있었다.

방 안에서 울려퍼지는 소리가 저택 담장 너머까지 들리고 있었다.

히라오카의 집에서 일하는 하녀들은 잠시 휴식을 취하면서 어깨를 두드렸다.

그리고 연회가 끝나기를 기다렸다.

그때 저택을 밝히는 전등 빛이 사라졌다.

"뭐야."

"갑자기 왜 전기가……?"

하녀들이 당황했다.

혹시나 하는 생각으로 다른 저택에 전기가 들어오는지를 알아봤다. 그리고 거리에 불이 밝혀져 있는 것을 확인했다.

정전은 아니었다. 오직 히라오카의 집에서만 전기가 끊어졌다.

하녀들을 관리하는 집사가 휴즈 차단기를 확인했다.

"혹시 끊어졌나요?"

"아니. 멀쩡해."

"그럼 대체 왜 갑자기 전기가 나갔을까요?"

"낸들 알아? 그나저나 정말 큰일이네. 주인님께서 연회 중이신데 연등이라도 밝혀드려야겠어."

꿩 대신 닭이었다.

밝힐 수 없는 전구 대신 장식 화려한 연등을 밝히면 오히려 전통적이고 기품이 있을 것 같았다.

집사와 하녀가 연등을 찾기 위해 창고로 향했다.

그사이 히라오카의 집 앞마당에서 공기가 요동쳤다. 아지랑이가 피어났다가 사라지면서 한기가 불어 닥쳤다.

연회가 이뤄지는 방 앞에 칼을 찬 경찰 두명이 지키고 있었다. 그들은 히라오카의 요청으로 파견된 경찰들이었다. 경찰들은 불빛이 사라지면서 잔뜩 긴장한 상태로 문 앞을 지키고 있었다.

복도 끝에서 문이 천천히 열리자 경찰들이 문으로 들어오는 사람을 경계했다.

그러나 아무도 없었다.

바람만 휭 하면서 불어오고 있었다.

마치 유령이 문을 연 것 같은 느낌이었다.

"뭐지, 대체?"

"문이 저절로 열렸어."

드득.

"윽……!"

마치 호두가 깨지는 소리였다. 혹은 콩이 터지는 소리와 같았다.

문 앞에 있던 경찰들이 총격을 맞고 그대로 앞으로 고꾸라졌다. 그 앞에서 삐걱이는 소리가 울려퍼졌다.

아무도 없는데 바닥에서 발자국이 새겨지고 있었다.

그리고 문이 열렸다. 연회실로 누군가가 들어왔다.

연회실 안에 당황한 히라오카와 토야마, 현양사와 낭인회의 간부들이 있었다. 빨간 점이 히라오카의 몸을 훑고 이마 중앙에 새겨졌다.

"뭐… 뭐냐…? 네놈은……?"

픽!

"히라오카 사장!"

드드득. 드득.

"아악!"

비명 소리가 크게 울려퍼졌다. 연회실에서 피가 사방으로 튀었다. 유리창이 깨지고 벽에 구멍이 새겨지기 시작했다.

연등을 찾던 집사와 하녀들이 놀랐다.

온몸을 경직시킨 상태로 사람들의 비명소리를 들으면서 사고가 마비되는 것을 느꼈다.

서로를 쳐다보면서 저택에서 벌어지는 일을 물었다.

"이게 무슨 소리야……?"

"연회실 쪽이에요……."

"세상에, 어떻게 이런 일이! 주인님!"

막 찾았던 연등을 내팽개치고 비명이 울려퍼지던 연회실로 향했다. 그리고 복도에 들어섰을 때였다. 울려퍼지던 비명이 멈추면서 오히려 소름이 크게 일어났다.

창을 통해 스며드는 달빛에 연회실 앞에 쓰러져 있는 경찰들을 보게 됐다. 그리고 연회실로 들어가자 피로 얼룩진 벽과 창문을 발견하게 됐다.

탁자 의자와 바닥에 불과 10분 전만 하더라도 술잔을 기울였던 사람들이 쓰러져 있었다. 그리고 그들의 머리와 가슴에 구멍이 나 있는 것을 보게 됐다.

그것은 누가 보더라도 총알이 뚫고 지나간 흔적이었다.

총성이 울려퍼지지 않았는데 사람들이 총격을 받고 죽어 있었다. 그중에 히라오카도 있었다.

히라오카를 보고 집사가 그를 안고 울부짖었다.

"주인님! 누가 의사 좀 불러줘! 어떻게 이런 일이…! 주인님!"

콰앙!

"……?!"

폭음이 울려퍼졌다. 어두운 방안이 밖에서 일어난 폭발로 인해서 몇 번을 환해지며 번쩍였다.

슬픔에 잠기려 했던 집사는 놀라 눈을 크게 떴다. 그는 급히 창문을 열었고, 먼 곳에서 불길이 치솟아 오르는 것을 보게 됐다. 그는 그곳이 어디인지 알고 있었다.

"현양사가… 불타고 있어…….."

폭발과 함께 일어난 화재로 저녁 시간을 즐기던 모든 동경 시민들이 하던 것을 멈췄다.

창가로 와서 어둠을 밝히는 붉은 빛을 봤다. 저택 2층에 올라 창가 앞에 선 이토도 하늘로 솟아오르는 붉은 연기를 목격하게 됐다.

현양사에서 화재가 일어났다. 그는 그 사실을 알고 불길함을 느꼈다.

'폭발이었어. 단순한 화재는 아니야… 설마…….'

그때 집사가 급히 달려와서 보고했다. 보고를 듣고 이토가 소스라치게 놀랐다.

"무어라?! 히라오카 사장의 집에서 현양사와 낭인회의 회원 간부들이 모두 죽었다고?!"

"예."

"어째서 말인가?!"

"모두 총상의 흔적이 있다고 합니다."

"뭐?!"

"총성이 울리지 않았는데 모두 총탄을 맞고 숨졌다 합니다. 탄두를 확보해서 조사 중이라 합니다. 아무래도 예삿일은 아닌 것 같습니다. 주인님."

"이게 대체……."

현양사와 낭인회 회원 간부들이 죽임을 당했다. 그와 함께 현양사 건물에서 폭발이 일어나고 불타고 있었다.

누가 봐도 그것은 인위적인 사건이었다. 그리고 그때 머릿속에서 한가지 일과 가정이 떠올랐다.

민자영을 죽이려 했을 때 천군이 사용했던 무기가 총성을 일으키지 않았다는 이야기가 있었다.

순간적으로 유력한 용의자와 나라가 좁혀졌다.

"설마 조선이 이 일을 벌였단 말인가?! 그런……!"

하늘을 비상하는 셔틀선이 있었다. 그러나 이토나 이노우에를 포함하여 어느 누구도 자신들의 머리 위로 비행선이 지나간다는 것을 알아채지 못했다.

적의 첩보망을 붕괴시키는 임무를 성공하고 홀가분한 마음으로 대원들이 돌아가고 있었다.

"아꼈던 연료를 이런 때 써야지."

"그러게 말입니다."

"다음에는 진짜 이토 히로부미 같은 놈을 죽일 거야. 야마가타 아리토모 놈도 말이야. 우리나라를 식민지로 만든 개자식들을 모두 쓸어낼 거야."

아직 흉적들에 대한 분노가 남아 있었다. 그 분노는 다음에 기회가 되면 풀기로 했다.

셔틀선을 타고 대원들이 무사히 돌아갔고 조선은 아무 일 없었다는 듯이 내일을 준비하기 시작했다.

그리고 일본이 뒤집어졌다.

동경 한복판에서 첩보를 담당하는 극우 모임 단체가 궤멸 당했다. 그에 관한 보고들이 태정관으로 전해졌다.

야마가타가 주먹으로 회의 탁자를 내려치면서 분통을 터트렸다.

"어떻게 이런 일이! 현양사와 낭인회의 간부 회원들이 모두 죽임을 당했소! 히라오카와 토야마라를 비롯해 일본의 인재가 죽임을 당했소! 대체 누구요! 어떤 놈들이 이런 짓을 벌였소! 생각하는 게 있다면 어떤 것이든지 말하시오!"

그 물음에 사이온지가 대답했다.

"이노우에 공과 이토 공의 의견이 있었소."

"어떤 의견을 말이오?"

"조선이 가장 의심된다고 하오. 우선 총성 없는 총격이 이뤄졌소. 조선에서 여우 사냥을 행할 당시에도 천군이라 불리는 놈들이 총성을 일으키지 않는 총격으로 우리 계획을 방해하고 수비대를 궤멸시켰다는 목격담이 있소. 그것을 생각하면……."

"조선이 벌인 짓이 가장 유력하다?"

"굳이 그렇게 생각하지 않아도 조선이 제일 유력하오. 지금 우리에게 제일 대적하는 나라는 러시아와 조선이오. 특히 조선과의 관계는 천하에서 공존할 수 없을 정도로 험악하오. 당장 전쟁을 벌여도 이상하지 않을 나라요. 그리고 조선이 현양사를 공격한 이유가 한가지 있소."

"어떤 이유를 말이오?"

"유성한."

"……."

"우리가 그자에 대한 암살을 기획했소. 그 일에 대한 보복이라면 조선이 용의국가인 사실은 더욱 명백해지오."

현양사가 공격받은 이유가 없진 않았다. 미국에 가서 일을 벌이는 성한을 제거하라고 지시를 내린 적이 있었고, 그에 관한 결과가 오기를 기다리고 있었다.

그것이 구실이라면 구실일 수 있었다. 그러나 아니라면 충분히 아닐 수 있었다.

그 사실을 신임 육군대신인 '카츠라 타로'가 그 사실을 언급했다.

"유성한이 죽었는지 살았는지 우리도 모르는데 조선이

266

알 리 있겠소? 우리도 지금 거기에 관한 소식을 기다리고 있는데 말이오. 내가 볼 땐 유성한에 대한 암살이 구실이 될 것 같진 않소. 당장 전쟁을 벌여도 이상하지 않다면 구실이 없어도 얼마든지 우리를 공격할 수 있소. 중요한 것은 누가 우리를 공격했냐는 것이오. 조선이 확정적이어야 하오."

카츠라의 이야기를 듣고 신임 해군대신이 입을 열었다. 그는 '야마모토 곤노효에'였다.

그는 확보된 탄두에 관해서 이야기를 꺼냈다.

"나무에 박힌 탄두를 조사하고 있다 들었소. 결과는 나왔소?"

"나왔소."

"어떻게 되었소?"

"어떤 총탄에도 대응되지 않는 형태였소. 때문에 용의국가를 특정하기가 곤란하오."

사이온지의 대답을 듣고 야마가타가 말했다.

"그래서 더욱 조선이 용의국가이지 않겠소! 총성을 일으키지 않는 총과 총알이라면, 세상에 흔하게 찾을 수 있는 것이겠소? 어떤 나라에서 만들었는지 모르겠지만 조선이 범죄국인 건 확실하오. 반드시 보복해야 되오."

카츠라가 야마가타의 강경론에 동의했다.

"시간이 지날수록 조선은 강한 나라가 되오. 그 전에 반드시 정리해야 하오. 놈들이 어떻게 그런 총을 보유하게 됐는지 모르겠지만, 설마하니 대포보다 강하겠소? 반드시 쳐야 하오."

야마가타가 다시 조선 정벌의 뜻을 밝혔다.

"이 일을 두고 조선에게 책임을 물어야 하오. 조선이 우릴 공격한 사실을 세계 공사관으로 알리시오. 여론을 등에 업고 조선을 칠 것이오. 여우를 사냥하던 때에 저질렀던 실수를 반복하지 않을 거요. 외무대신은 이를 준비하시오."

"알겠소."

"육군과 해군은 출전을 벌일 준비를 하시오. 나는 천황폐하께 회의 결과를 알려드리겠소."

심증은 조선으로 굳어져 있었다. 정황도 충분했고 조선 외에 다른 나라를 생각할 수 없었다. 그리고 무엇보다 일본의 국익을 위해서 조선을 식민지로 만들어야 했다. 러시아를 넘은 최대의 적국이자 공존할 수 없는 존재로 인식했다.

재앙의 싹을 미리 자르려고 했다. 그리고 조선을 치기 위한 구실로 요인 암살과 건물 폭발 같은 사건을 삼으며 여론전을 벌이기 시작했다.

동경 시민들의 손에 신문이 쥐어지기 시작했다.

"뭐야, 조선이 벌인 짓이라고?"

"개자식들! 이럴 줄 알았어! 놈들이 천황 폐하께서 다스리는 신성한 땅에 불질을 일으킨 거야! 반드시 놈들을 정벌해야 돼!"

가두행진이 일어나기 시작했다.

"우리는 조선정벌을 원한다!"

"원한다! 원한다! 원한다!"

"조선인들을 죽여라!"

"죽여라! 죽여라! 죽여라!"

그들은 언론을 통해 조선과 조선인에게 험악한 감정을 가지게 되었다. 그리고 일본 정부 차원에서 국민들의 기대를 충족시켜주었다.

그것은 조선에 대한 비난 공표였다. 사태의 중대성을 감안하여 태정관에서 공표가 이뤄졌다. 만국 공사관원들이 모인 가운데 사이온지가 공표문을 들고 단상 위에 올랐다. 수첩을 든 기자들이 그가 하는 말을 써 내리고 있었다.

"메이지 32년, 9월 13일, 동경 폭발 화재 사건과 현양사 사장의 자택에서 벌어진 살해 사건 결과에 대해서 공표하겠소. 본 사건에 대해 일본국 정부 차원에서 수사를 벌인 바, 탄흔에 박힌 총탄의 탄두가 조선군에서만 사용하는 총탄의 탄두인 것으로 밝혀졌소. 따라서 조선이 무엇을 노렸든 간에 반드시 책임을 물을 것이오. 조선 정부는 응당 우리가 요구하는 잘못 인정과 사과를 표하고 보상을 실시해

야 하오. 그렇지 않으면 상응하는 대가를 치를 것이오. 이
상이오."

기자들이 질문했다.

"대가라는 것이 혹, 개전을 뜻하는 것입니까?"

"말씀해주십시오! 외무대신!"

기자들의 질문에 대답하지 않고 사이온지가 돌아섰다.
그러자 단상 아래에서 아우성이 일어났고, 일본 기자들은
드디어 조선에 큰일이 날 것이라 생각했다. 공표장에 참석
한 공사 관원들은 미묘한 표정을 짓게 됐다.

영국과 프랑스 등의 관원들은 일본이 어떤 행동을 벌여
도 별 신경을 쓰지 않겠다는 반응을 보였다.

그리고 러시아 관원은 조선을 침략하려는 일본의 의도를
경계했다.

반면에 일본을 신문물로 깨우쳤던 미국의 관원들은 굳은
인상으로 앞으로 펼쳐질 정세에 대해 경계했다.

조선에 미국 기업의 막대한 자본이 투입되고 있었다. 그
리고 조선을 중심으로 동양 시장을 차지하려는 미국의 계
획이 어그러지고 있었다.

* * *

한양 주재 미국 공사관으로 동경의 소식이 전해지게 됐

다. 임기를 마치고 미국으로 실이 돌아가기 전이었다. 그는 소식을 듣고 일본의 공표에 황당한 반응을 보였다.

"현양사가 급습을 받은 일이 조선 정부가 벌인 일이라니… 조선 정부에선 뭐라 대응하고 있소?"

"조만간 공표가 있을 겁니다."

"영사가 보기엔 조선이 벌인 일인 것 같소?"

"모르겠습니다. 하지만 조선이 벌인 일 치고는 너무 대담합니다. 더해서 일본에서 벌어진 일인데 범인이 누구인지도 밝혀내지 않았습니다. 모든 가능성이 열려 있습니다."

"시치미를 떼겠군."

"저도 그렇게 생각합니다."

"일단 조선이 어떻게 대응하는지를 보고 판단하겠소. 제발 우리 합중국을 위해서라도 현명하게 대처했으면 좋겠소. 전과 다른 모습이기를 비오."

영사직에 올라 있던 알렌에게 실이 물었다. 그리고 조선이 미국을 위해서 잘 움직여주기를 원했다.

일본 외무성의 공표가 조선 조정에도 전해지게 됐다.

그 소식을 협길당의 이희가 듣게 됐다. 그는 앞서서 일본의 정보국이 되는 현양사 사장의 암살을 최종적으로 확인하고 승인한 사람이었다.

김인석과 장성호가 함께 이희와 마주앉아 있었다. 이희

가 두 사람에게 물었다.

"일본이 우리에게 책임을 묻겠다고 한다. 어떻게 할 것인가?"

김인석이 단호한 목소리로 대답했다.

"전혀 상관없는 일이라고 공표해야 됩니다. 놈들은 탄두 외에 어떤 증거도 가지지 않았습니다."

이어 장성호가 대답을 더했다.

"놈들이 확보한 탄두는 이 시대 어떤 곳에서도 생산되지 않는 탄두입니다. 우리에게 무기를 내놓으라고 요구할 수도 있지만 그런 무기나 총탄은 없다고 주장이 이뤄지면 됩니다. 역으로 놈들에게 우리가 현양사를 공격해야 할 이유가 무엇인지 말해보라고 하면 됩니다. 그리고 절대 그 이유를 밝힐 수 없을 겁니다."

두 사람의 대답을 듣고 이희가 고개를 끄덕였다. 그리고 그가 유일하게 걱정하는 것을 물었다.

"만약 그렇게 대응해도 놈들이 조선을 침공하면 어찌되는가? 아직 대한로드쉽으로부터 군함을 인수받지 못했다. 적을 상대로 싸워 이길 수 있겠는가?"

그 물음에 장성호가 고개를 가로저었다.

"이길 수 없는 것인가?"

이희가 물었고, 장성호가 의미심장한 미소를 보이면서 대답했다.

"절대 침공할 수 없습니다. 때로는 눈에 보이지 않는 이익 관계가 동맹보다 더 강하게 힘을 발휘할 때가 있습니다. 그 힘이 지금 조선에게 있습니다."

전쟁이 일어나지 않을 이유가 있었다. 그것을 믿고 당당함을 품었다.

이희가 방침을 정하고 박정양과 김홍집을 불러들였다. 두 사람은 현양사를 쑥대밭으로 만든 게 천군이라는 사실을 전혀 모르고 있었다. 어떻게 일본에 침투했는지 그 방법에 대해서 궁금증조차 가지지 말아야 했다.

그저 일본의 공표에 어떻게 대응할지에 대해서만 지시했다.

어명을 받고 김홍집이 허리를 숙였다.

"우리에게 누명을 뒤집어씌우려는 일본의 행동에 맞서겠습니다. 전하."

조선의 공표가 이뤄졌다. 박정양과 김홍집을 통해 외부대신인 이범진에게 조정의 주장이 담긴 공표문이 들렸다.

외부 관아에 마련된 회견실에서 한양 신문사 기자들과 만국의 공관원들이 모였다.

엄정한 목소리로 이범진이 공표문을 읽었다.

"일본 정부의 주장에 대해서 우리 조선국 정부가 반박하는 바요. 우리 정부는 일본 동경에서 일어난 참사에 대해 유감을 표하며, 그 일에 관해서 일절 관여한 바가 없다는 것을 공표하오. 또한 그 일이 있었던 소식도 나중에 되어서야 알게 된 바, 사건 현장에서 발견된 총탄의 탄두를 공개하고, 과연 그것이 우리 군이 사용하는 무기의 탄두인지를 명확히 밝혀지길 바라오. 만약 우리가 관여한 정황을 밝혀내지 못한다면, 일본 정부는 마땅히 우리에게 누명을 씌우는 저의를 밝혀야 하고 그 대가를 톡톡히 치르게 될 것이오. 그리고 이 자리에서 일본 정부에게 묻소. 우리가 현양사를 공격할 이유와 명분이 어디에 있는지 알려주길 바라오. 만약 4년 전의 일을 두고 이유라 말한다면, 이미 그 일에 있어서 죄인들은 처벌을 받았고 이제는 정리된 일이라는 것을 조선 정부 차원에서 공표하는 바요. 이미 정리된 일을 가지고 우리 정부는 한번 더 보복하지 않소. 그 일 외에 어떠한 이유로 현양사를 공격했는지 일본 정부 스스로 짐작하는 것이 있다면 세상에 고하길 바라오. 이상이오."

공표가 끝나고 이범진이 단상 아래로 내려왔다. 그러자 기자들이 아우성치며 질문을 했고, 이범진은 따로 질문에 응하지 않았다.

* * *

한양에서 있었던 공표 소식이 3국 공사관원들을 통해 동경에 전해졌다.

사이온지의 이야기를 듣고 야마가타가 분통을 터트렸다. 조선 정부의 뻔뻔함에 이를 갈면서 분노했다.

험한 욕을 입에 담았다.

"쥐새끼 같은 놈들! 뭐?! 그런 무기가 없다고?! 똥같은 개자식 놈들!"

"고정하시오. 총리대신이나 나나 연로한 사람들이오. 화를 내다가 기력을 잃고 쓰러질 수 있소."

"지금 이 상황이 화를 참을 수 있는 상황이오?! 현양사를 공격한 이유를 우리 스스로 말해보라니?! 조선이 언제부터 이런 외교술을 벌일 수 있게 됐단 말이오?! 간사한 조선 외부대신의 혀를 잘라내야 하오! 빌어먹을!"

씩씩 거리면서 몇 번이나 집무실 책상을 두들겼다. 주름진 손이 피로 물들 정도로 야마가타는 속에서 끓어오르는 화를 참지 못했다. 물건을 집어던지지 않은게 그나마 다행이었다.

한참동안 거칠게 숨 쉬다가 겨우 호흡을 진정시키고 의자 위에 앉았다.

그때 집무실 문이 열리면서 비서실장이 들어왔다.

사이온지를 한번 보고 의자에 앉은 채 험악한 인상을 보이는 야마가타를 쳐다봤다.

비서실장은 그에게 허리를 굽히고 사람이 온 사실을 알

렸다.

"외무성에서 보고가 올라왔습니다."

"어떤 보고?"

"주재 워싱턴 D.C 공사관으로부터의 보고입니다. 여기 보고서가 있습니다."

"……."

보고서를 본 야마가타가 사이온지를 쳐다봤다.

그리고 외무성의 수장인 사이온지가 보고서를 받아들고 안에 쓰여 있는 보고들을 읽기 시작했다.

눈동자를 좌우로 움직이다가 한껏 커지게 됐다.

"총리대신……."

"무슨 내용이 담겨 있소?"

"우… 우리 정보원들이… 모두 죽임을……."

"뭣이?!"

"유성한을 저격했으나… 여전히 살아 있다고 하오… 아마도 놈들이 현양사를 공격한 일은 이 일 때문인 것 같소… 그래서 놈들이……."

"빌어먹을!"

"……."

"개자식 놈들! 어떻게 놈들은 하나도 피해를 입지 않고 우리는 안마당까지 내어줬단 말인가?! 이 일을 어떻게 천황 폐하께 보고한단 말이오?! 절대 이대로 끝이 나서는 아니 될 것이오!"

야마가타가 자리에서 일어나면서 크게 소리쳤다. 즉시 비서실장에게 두 군부대신을 부르라고 말했다.

"육군대신과 해군대신을 부르라! 당장!"

"예! 총리대신!"

그리고 한시간이 지나 두 대신이 와서 미국에서 일어난 사실을 전해 들었다. 카츠라와 야마모토의 반응도 야마가타와 별반 다르지 않았다. 심지어 눈물을 흘리면서 격해진 감정을 드러냈다.

분노를 느꼈고 억울함을 느꼈다.

세 사람의 의견이 일치됐다. 야마가타가 두 사람에게 명령을 내렸다.

"출정을 준비하시오! 황명이 떨어지면 곧바로 조선을 정벌하고 불바다로 만들 것이오! 100명도 안 되는 천군 놈들에게 이리 당할 수는 없소!"

전쟁을 치러서 조선에 복수하려고 했다. 그리고 야마가타는 전부터 준비해왔던 전쟁 선포문을 들고 무쓰히토에게 찾아가 무릎을 꿇었다.

미국에서 있었던 이야기를 듣고 무쓰히토가 크게 분노했다. 어떤 이유로 현양사가 공격 받았는지 알 것 같았다.

무쓰히토는 서명하기에 앞서서 야마가타를 노려보면서 말했다.

"조선을 정벌할 것이나 일이 이렇게 되도록 만든 총리에게 책임을 물을 것이다. 그러니 그 책임이 더해지지 않도록 반드시 승리하라. 패전은 용납하지 않겠다."

"예! 폐하!"

포고문에 무쓰히토가 서명을 넣었다. 그리고 야마가타에게 넘겨주자 야마가타가 허리를 직각으로 굽히며 군 통수권자에 대한 예를 나타냈다.

포고문을 가지고 궁전에서 나올 때였다.

사이온지가 직접 야마가타를 보기 위해서 궁전 앞까지 와 있었다. 그를 보고 불길한 생각이 들었다.

야마가타를 본 사이온지의 표정이 몹시 좋지 않았다.

그에게 야마가타가 무슨 일인지 물었다.

"뭔가 할 말이 있소?"

사이온지가 급한 소식을 전했다.

"급보요. 미국 공사관에서 외무성으로 통보를 했소. 조선을 침공하면 가만히 있지 않겠다고 전해왔소."

귀를 의심하는 소식이 야마가타에게 전해졌다.

믿을 수 없다는 반응을 보이면서 사이온지에게 되물었다.

"설마, 우리에게 선전포고를 하겠다는 것은 아닐 테지?"

그리고 대답을 들었다.

"선전포고요. 그에 대한 경고를 했소. 조선을 침공하는 일은 미국의 핵심 이익을 침해하는 일이기에 절대 용납하지 않을 것이라고…….”

“뭐라고……?!”

“조선에 미국 회사들이 공장을 짓고 돈을 투자하고 있소… 우리가 조선을 침공하게 되면 미국 기업을 공격하는 것과 마찬가지인 상황이 벌어지게 되오… 그래서 놈들이 우리에게 경고하는 것이오… 절대 선전포고가 이뤄지면 안 되오…….”

“맙소사…….”

“…….”

“빌어먹을!”

사이온지의 이야기를 듣고 야마가타가 다시 분통을 터트렸다. 온몸을 떨 만큼 크게 분노하다가 손에 쥐어진 포고문을 찢었다.

이미 의미 없는 선전포고문이었다. 그와 일본 국민들의 한을 풀 수 있는 길이 없었다.

“어떻게 하면 놈들에게 복수할 수 있겠소? 이대로는 여생을 편히 보낼 수 없소.”

핏발선 눈을 하며 사이온지에게 물었다. 그리고 사이온지는 그의 물음에 대답할 수 없었다. 일본 주위의 환경이 너무나 불리하게 펼쳐져 있었다.

결국 군주인 일본의 선전포고는 이뤄지지 않았다. 그날

밤, 야마가타는 일을 마치고 집에 가서 끙끙 앓으며 힘들게 잠을 청하게 됐다. 그리고 다음 날도 무력한 하루를 보냈다.

다시 하루를 보내고 사이온지가 이토의 집에 찾아갔다. 이노우에도 함께 그의 집으로 가서 조선에 복수를 할 수 있는 수를 찾기 시작했다.

후원이 잘 보이는 응접실에서 세 사람이 차를 마시고 이야기를 나눴다. 사이온지가 간절한 마음으로 이토에게 의견을 구했다.

"조선을 공격하면 미국이 우리를 가만히 두지 않겠다고 경고를 했소. 그리고 그것은 협박이 아니었소. 정말로 우릴 공격할 것이라고 판단을 내렸소. 그래서 조선에게 선전 포고를 하지 못한 상황이오. 일본의 상황이 이러하니 어떻게 했으면 좋겠소? 수를 알려 주시오."

사이온지의 물음에 이토가 팔짱을 끼고 고민했다. 그 또한 대답하기가 쉽지 않았다.

미국을 끌어들인 조선의 대응이 기가 막혔다.

"이 모든 것을 예상하고 외교 전략을 구상한 자가 있다면, 정말 인류 역사에 길이 남을 위인이 될 것이오. 그가 만약 조선 사람이라면 최악의 적이 된다는 뜻이오. 천군이 나타나기 전에는 조선이 이런 모습을 보인 적이 없었으니, 분명히 천군 중 한 사람이 이 일을 계획했을 거요."

"이번에도 유성한이겠소?"

"그럴 수도 있고, 아닐 수도 있소. 조선 우부총리인 김인석과 특무대신인 장성호도 있으니까. 특히 조선 정부에서 막강한 권한을 가진 장성호가 유력하오. 중요한 것은 그놈들보다 우리의 전략이 중요하오. 조선의 뒤에는 미국이 있지만 우리의 뒤에는 어떤 나라도 없으니까. 우리와 운명을 함께할 수 있는 강국이 필요하오."

사이온지가 고개를 끄덕이며 이토의 의견에 동의했다. 이어 이노우에가 이토가 언급했던 나라에 대해서 물었다.

"영국과 동맹을 맺는 것에 대해서는 어떻게 생각하오?"

그 물음에 이토가 고개를 가로저으면서 말했다.

"러시아를 상대하는 것이라면 모를까, 조선과 대적하는 상황에서는 동맹을 체결하려 들지는 않을 거요. 이는 프랑스도 마찬가지요."

사이온지가 물었다.

"허면, 어떤 나라와 힘을 합쳐야 되겠소?"

이토가 의미심장한 미소를 띠며 차를 마셨다.

"러시아요."

"러시아……?"

"놈들이라면 우리와 힘을 합칠 것이오."

이노우에가 의아한 표정을 지으며 이토에게 물었다.

"어째서 러시아요? 우리의 적국이지 않소? 누구보다 세

계 정세에 밝은 이토 공이 러시아를 거론한 이유가 따로 있
소?"

그리고 대답을 들었다.

"지금 조선에 어떤 나라가 가장 큰 영향력을 행사하고 있
소? 바로 미국이오. 우리에게 전쟁을 경고할 정도로 미국
은 다른 나라가 조선에 어떤 영향력도 발휘할 수 없도록
막고 있소. 이는 러시아에게 심각한 부담이 되오. 특히 조
선에 부동항을 세우고 군함을 정박시키려는 계획이 수포
가 될 수 있소. 그러면 러시아의 입장에서 미국은 과연 어
떤 나라이겠소?"

"가상적국이군……."

"평범한 가상적국이 아닌 최대의 가상적국이오. 적절한
먹잇감으로 러시아를 우리 편으로 끌어들여야 하오. 그러
면 아무리 미국이라 해도 함부로 전쟁을 운운하며 우리를
협박할 수 없소. 러시아와 동맹을 맺어야 하오."

대답을 듣고 사이온지가 근심하며 이토에게 물었다.

"영국이 가만히 있겠소? 러시아를 견제하려고 할 텐
데……."

그리고 해결책을 들었다.

"동맹 기한을 조선이 무너질 때까지로 정하는 것이오.
그리고 위도 38도선을 기준으로 북은 러시아가 지배하고,
남쪽은 우리가 통치하는 거요. 조선을 정리하고 나면 결국

우리가 러시아를 상대해야 하니, 개전 시 전쟁이 빨리 끝날수록 영국은 빨리 우리 편으로 태세를 바꿀 거요. 다르게 이야기하면 전쟁이 길어질수록 우리는 영국의 견제를 받게 될거요."

"도박이군."

"지금은 그 수밖에 없소. 그렇게 해서라도 활로를 열어야 하오."

강국의 힘을 빌려야 했다. 이토의 전략을 듣고 두 사람은 더 이상 다른 걱정을 할 수 없었다.

사이온지는 이토가 말한 것을 야마가타에게 전하기 위해서 자리에서 일어났다.

그때 마지막 찻물을 마신 이토가 두 사람에게 물었다.

"천군은 어찌할 거요?"

"……."

두 사람이 답하지 못하자 이토가 직접 나섰다.

"유성한을 반드시 죽여야 하오. 그리고 김인석과 장성호도 함께 말이오. 그들을 죽이지 않고 우리가 이기기는 힘들 거요. 이번에는 내가 준비해보도록 하겠소."

조선의 내일을 여는 자들을 표적으로 삼았다.

사이온지와 이노우에는 천군에 관한 것을 이토에게 맡겼다.

"부탁하겠소. 우리는 총리대신과 함께 일본을 구하겠

소."

모든 수단과 방법을 강구해 조선과의 싸움에서 이기려 했다. 기존에 있던 역사가 지워지고 새로운 역사가 세워지기 시작했다.

* * *

미국에 있던 일본의 모든 정보원들이 암살당했다. 거처에서 전화를 받고 며칠 지나지 않아 사신이 찾아와서 그들의 목숨을 거둬갔다.

그들은 성한의 목숨을 노렸던 대가를 톡톡히 치를 수밖에 없었다.

한동안 일본은 성한을 상대로 어떠한 행동을 취하거나 음모도 꾸밀 수 없었다. 그저 크게 경계하기만 했다.

20세기를 코앞에 둔 계절이었다.

여름과 가을을 지나 겨울이었다.

휴가를 끝낸 지연은 컬럼비안 대학교로 돌아가 사람들을 치료하고 있었다. 총상을 입은 환자가 급히 실려 와서 수술대 위로 옮겨졌다.

지연이 백인 의사들을 이끌면서 수술을 집도했다.

환자의 흉부를 가르기 전에 어떠한 장면과 환자의 모습이 겹쳐졌다.

"……."

"안의원."

"……?"

"집도하시오."

"예……."

지난 일을 털어버리고 지연은 다시 수술에 집중했다. 가슴을 가르고 난 뒤로부터는 그때의 모습과 겹치지 않았다. 그리고 결국 죽음의 경계선에 섰던 사람을 구했다.

6시간이 넘게 걸리는 수술을 끝내고 병원 건물 밖으로 나온 지연이 벤치에 앉아 휴식을 취할 때였다.

마차가 지나는 길에 포드퍼스트가 지연의 앞으로 와서 멈췄다. 그리고 익숙한 목소리를 들었다.

"안지연~"

"유성한……?"

차에 탄 남자가 손을 흔들었다. 그는 유성한이었고, 대원들의 경호를 받으며 차에서 내렸다.

워싱턴 D.C에 잠시 일이 있어서 온듯했다.

그리고 지연이 자리에서 일어나 성한에게 다가간 뒤 그를 부둥켜안았다.

대원들이 움찔했고, 성한이 당황했다.

"왜, 왜 이래?"

성한을 안은 팔에 더욱 힘이 들어갔다. 지연은 그의 가슴에 얼굴을 파묻다시피 했다.

"무사해서 다행이야……."

그녀의 한 마디가 그녀가 무엇을 생각했는지를 알려줬다. 그 말을 듣고 어쩔 줄 모르던 성한의 팔이 지연의 등으로 향했다. 그녀의 등과 어깨를 감싸 안고 오른손으로 머리를 쓰다듬어줬다.

그 모습을 주위를 지나는 의사들과 휴식하는 환자들이 지켜봤다. 멈췄던 심장이 다시 뛰기 시작했다.

〈다음 권에 계속〉

어울림 B O O K S

신인 작가 대모집!

어울림 출판사는 무한한 상상력과 뜨거운 열정을 가진 작가 여러분을 기다리고 있습니다.

창작에 대한 열의가 위대한 작품으로 꽃피울 수 있도록 저희 어울림 출판사가 여러분의 힘이 돼 드리겠습니다.

지금 도전하십시오!

모집 분야 : 판타지, 역사, 무협, 로맨스 등

모집 대상 : 아마추어, 인터넷 작가등 열정을 가진 모든 작가

모집 기한 : 수시 모집

작품 접수 방법 : 당사 네이버 카페 또는 이메일을 이용해 주십시오.

파일 형식은 제한이 없으나 원활한 원고 검토를 위해 '.HWP' 형식 으로 보내주시고, 파일에 연락처도 함께 기재해주시면 됩니다.

채택된 작품은 정식 계약을 통해 출판물로 간행됩니다.

간행된 출판물은 당사의 유통망을 이용하여 전국 서점으로 배포됩니다.

※ 문의 사항은 **네이버 카페**(http://cafe.naver.com/oulim0120)를 이용하시기 바랍니다.

경기도 고양시 일산동구 장항동 731 동하넥서스빌딩 307호

어울림 출판사 신인 작가 담당자 앞

전화 031) 919-0122 / **E-mail** 5ullim@daum.net

최초의 가상 현실 게임 '판데아'.
왕년의 게임 폐인 진성이 도전장을 내밀고…
신화 등급의 전직 아이템을 사용하게 된다.

"자, 잠깐! 내 모습이 왜 이렇게 변한 건데?"

전설의 여제 페르나의 현신이 된 진성!

끝나지 않은 그녀의 전설이 다시 시작된다!!

페르나
THE PERNA

REID 게임판타지 장편소설